Un amour au pluriel

Ton image ne cessera jamais de traverser mon esprit, un peu de toi restera gravé pour toujours au fond de mon cœur...

Partie 1

Chapitre 1 :

David avait le corps qui somnolait sur l'herbe quand Emma ouvrit le portail. Un grand soleil s'était invité cet après-midi et il avait rendu l'homme tout essoufflé.

— Je vois que tu en profites…

— C'est parce que la femme de ma vie ne reste jamais bien longtemps près de moi… répondit-il en se redressant doucement.

Elle fit mine de ne pas écouter les mots de son mari et se faufila à l'intérieur d'un pas rapide.

— Alors, où étais-tu donc encore passée ? poursuivit l'homme après l'avoir rattrapée.

— Tu comptes me poser la question à chaque fois que je vais disparaître de ta vue ?

— Je m'inquiète pour toi, bébé.

— Tout va très bien, j'ai seulement besoin de me retrouver seule parfois.

— Et cette maison, elle ne te suffit déjà plus ?

Sa femme préféra ne plus sortir un son ; elle laissa le silence s'immiscer et projeta ses lèvres contre celles de son époux. Ce baiser dura un certain temps, assez pour que David cesse de l'interroger sur ces absences inexpliquées.

— Merci pour le restau en amoureux… dit-elle à l'heure du retour, un grand sourire aux lèvres.

— Je t'ai laissé la victoire, bébé. J'ai fait exprès de parier… Tu verras le prochain match !

— Essaie donc de te rattraper, ça ne fonctionne pas avec moi... répliqua à son tour Emma en le bousculant légèrement sur le canapé. Mon équipe a gagné, tu payes le restau, c'est tout.

— Oh oui, tout ce que tu veux mon amoureuse ! lança-t-il en se jetant sur elle. Demande-moi n'importe quoi... et j'ai bien dit « n'importe quoi »...

— Hm... je pense que tu devrais fermer les yeux !

David obéit immédiatement, le visage épanoui, tandis qu'Emma s'élança sur lui avec des chatouilles à n'en plus finir. Une réelle complicité se lisait sur leurs deux corps.

— Stop, arrête ça, s'il te plaît... Emma, stop j'ai dit, tu vas le regretter, crois-moi ! Je donne trop ma confiance aux femmes...

Elle se stoppa au même moment, ce qui surprit l'homme dans les premiers instants.

— Tu as raison, tu devrais faire plus attention...

— Emma ? Tu l'as mal pris ? C'était... pour blaguer, simplement. Quelle susceptibilité mon amour !

***

— Un chocolat chaud, s'il vous plaît.

— Deux ! lança William à toute vitesse avant que le serveur ne s'éloigne davantage.

— Tu es en retard.

— Oui, Emma, je le sais, je suis toujours en retard. Tu devrais le savoir pourtant.

— Je le sais. Seulement, je ne me lasse pas de te le répéter.

Un vide s'installa soudainement.

— Alors ? Comment te sens-tu, aujourd'hui ? reprit le jeune homme.

— Comme d'habitude.

— Hm. Et lui, comment va-t-il ?

Pas un son ne sortit de sa bouche.

— Ok, je vois...

— On se voit demain ? reprit-elle.

— Non... un autre jour.

Ayant remarqué sa mine boudeuse, William tenta de rapprocher sa main de celle de la jeune femme à plusieurs reprises mais celle-ci s'y opposa.

— Tu n'es pas dans ton assiette, toi...

— Je suis fatiguée.

— Alors rentre ! C'est toujours comme ça avec toi... répliqua-t-il d'un ton agacé.

— Will... Arrête, pas maintenant, s'il te plaît...

William était un homme d'une gentillesse remarquable ; cependant, son humeur pouvait se modifier en quelques secondes seulement. Il vida son chocolat d'une traite, puis abandonna la jeune femme à l'intérieur du café.

A travers la fenêtre, Emma apercevait la pluie qui coulait à flots. Elle s'interrogeait. Il lui arrivait souvent de s'interroger ; surtout durant ces périodes pluvieuses. Ce temps de réflexion ne lui réussissait pas toujours ; elle sombrait souvent dans de douloureux souvenirs, qui ne se traduisaient pas toujours par des souvenirs... La réalité lui faisait peur et l'avenir l'effrayait à un tel point qu'elle ne parvenait plus à s'endormir sereinement.

Heureusement, David faisait son possible pour la rassurer, l'aider, dans ces moments qu'elle craignait tant.

***

— Je t'attendais. J'ai bien cru que tu avais disparu de nouveau... murmura David à l'oreille de sa femme lorsqu'elle se glissa dans les draps.
— J'étais seulement partie faire un tour.
— Je sais, comme d'habitude...
Emma se tourna de l'autre côté du lit, puis ferma les yeux.

A son réveil, l'homme avait offert aux yeux de sa femme un petit-déjeuner comme elle l'appréciait : lait chaud, pains au chocolat, jus de pomme et, tout cela, préparé avec beaucoup d'amour.
— Tu es vraiment attentionné avec moi, David.
— Je sais, et c'est pour cette raison que tu dois me garder ! répondit-il avec un ton rempli d'humour.
— Je compte bien te garder.
Emma s'empara au même moment de son téléphone cellulaire et fixa son regard sur l'écran. Elle resta dans cette position, près de trente secondes, son cœur prêt à lâcher.
— David ???? Hé oh ! David ? Où t'es-tu éloigné ?
— Je suis là ma princesse, jamais loin de toi quand tu en as besoin.
— Arrête de faire ton mignon.

— Je fais ce que je veux d'abord. Qu'est-ce qui t'arrive ?

Elle hésita un instant ; puis, le regard dans le vide :

— Tu vas m'en vouloir mais… je vais encore devoir m'absenter…

— Un dimanche ? Notre dimanche ? Rien que pour tous les deux ? Tu oserais t'envoler encore une fois ? Tu sais que je vais finir par me poser des questions…

— Arrête donc tes bêtises. Ma cousine a un problème…

— dont tu ne me révéleras pas la cause, évidemment.

— Tu vois, je n'ai même plus besoin de parler, tu connais les réponses.

L'homme resta perplexe un instant avant de répliquer :

— Reviens vite.

***

— Bienvenue dans mon humble demeure… lâcha William en ouvrant la porte.

Emma se faufila immédiatement à l'intérieur avant même qu'il ne termine sa phrase.

— Elle n'a pas bien changé ton humble demeure depuis l'autre jour…

— Oui, pas faux, c'était juste pour… détendre un peu l'atmosphère. Je voulais m'excuser pour hier…

— Tu l'as déjà fait avec ton SMS ce matin…

— Il a fait effet ?

— Si par effet tu veux dire que j'ai fondu sur place, alors oui… dit-elle avant de projeter ses lèvres contre celles de l'homme.

— Ah, mon Will… Si tu savais…

— comme tu m'aimes… Oui, moi aussi, mon amour… Je ne te le répéterai jamais assez. Je pourrais t'écrire des mots pendant des heures…

— Cette situation me rend folle. Je ne sais vraiment plus quoi faire… Je n'en dors plus.

— Essaie de ne plus y penser pendant une petite heure… Ressasser les problèmes ne te fera pas avancer si tu ne cherches pas de solution. Que lui arrive-t-il à ta cousine, cette fois-ci ?

— Oh, je trouverai bien une excuse en rentrant. En attendant, je veux profiter de nous.

— Alors profitons.

***

— Madame Gramont, veuillez entrer.

Elle ne semblait pas très rassurée, Emma, lorsqu'elle pénétra dans le cabinet de monsieur Romero, le psychologue.

— Asseyez-vous, je vous en prie. Dites-moi tout, où en êtes-vous dans votre histoire avec ces jeunes hommes ?

— Nulle part… Je me sens complètement perdue. Jour après jour, je me dis que tout cela doit cesser, mais je n'ai pas la force.

— Les aimez-vous réellement tous les deux ?

— Oui, je les aime ; certes, pas de la même façon, mais une partie de mon cœur leur appartient à chacun.

— Vous pouvez poursuivre ?

— Que voulez-vous savoir ?

— Ce qui vous passe par la tête. Racontez-moi votre rencontre avec chacun de ces messieurs, vos sentiments…

— Tout a commencé avec Will. Il y a eu un échange, de mots… via le net. C'est à ce moment-là que j'ai compris que les mots avaient beaucoup d'importance pour moi. Peut-être même trop. Ce que j'ai ressenti pour lui, je ne l'aurais pas ressenti pour n'importe qui, c'était le destin je pense, le coup de foudre… même si je ne croyais pas à cela avant. Comment l'expliquer autrement ? Mais il s'en est passé des choses depuis… La colère nous a fait du mal. Et puis ce moment que je craignais tant a fini par arriver : il a rompu tout contact avec moi il y a plusieurs mois. J'ai essayé de vivre sans lui et j'y suis parvenue, mais ça n'a pas été facile… C'est quelque temps après cette histoire que j'ai rencontré David. Un amour cet homme. Je me suis beaucoup attachée à lui mais c'était… différent. Il n'y a jamais eu « la magie des mots », voyez-vous.

— Chaque histoire est différente. Ce n'est pas parce que c'est différent que…

— Oui mais ça me bloque ! J'aime David, je ne vois pas ma vie sans lui, mais je pense encore à Will… Il est revenu il n'y a pas si longtemps et j'ai craqué comme vous le savez. Je n'aurais pas craqué pour n'importe qui. L'amour que je lui porte est plus fort que…

— Et David ?

— Je suis bien, même très bien avec lui… mais il me manque ce petit quelque chose que Will m'apporte. Avant je n'en avais pas besoin, mais depuis qu'il est revenu…

— Je vois… Mais qu'est-ce qui est le plus important pour vous ?

— Je ne sais pas… Rester avec David me permet de ne pas souffrir de son absence et de profiter de bons moments également, et rester avec Will me permet de me sentir épanouie. Si je lâche l'un des deux, je ne serai pas totalement satisfaite.

— Vous avez les deux à l'heure actuelle mais vous n'êtes pas non plus complètement satisfaite.

— Exact…

— Pourquoi ne pas tout arrêter avec votre ex petit-ami s'il vous a déjà fait du mal ? Qui vous dit qu'il ne recommencera pas ? Vous devriez vivre pleinement votre amour avec votre compagnon actuel, peut-être que l'amour que vous lui portez sera plus fort qu'aujourd'hui, et vous ne vous sentirez plus coupable. Mais, pour cela, vous devez être honnête avec David.

— Pour qu'il me quitte, non merci… Avant, je ne comprenais pas ces personnes qui trompaient leur compagnon. Maintenant je suis dans cette situation et j'ai une vision totalement différente des choses. Je ne veux pas me trouver d'excuses, ce que je fais n'est pas bien, mais à présent je comprends… Et puis, je ne le ferais pas si c'était une simple question sexuelle. Là, il s'agit d'amour, c'est très fort… Je ne veux vraiment pas que David me quitte… S'il le faisait, j'aurais l'impression d'avoir tout perdu, vraiment… même si Will est là.

— Donc ? Qu'êtes-vous prête à faire ?

— Je dois tout arrêter avec Will…

Chapitre 2 :

— Emma… Je refuse. Tu n'as pas le droit, lança William, complètement bouleversé par la situation.

— Tu as la mémoire courte… Rappelle-toi qui a tout gâché il y a quelques mois ! Tu ne peux t'en prendre qu'à toi-même si on en est là aujourd'hui.

Elle avait dit ces mots d'un naturel, ce qui donna une atmosphère encore plus froide à la scène. L'homme ne savait quoi répondre. Il connaissait sa culpabilité dans leur histoire mais il estimait tout de même qu'elle avait participé activement au problème.

— Moi, je refuse de tout gâcher avec David. Tu as eu ta chance...

— Je ne peux pas te laisser dire ça, mon amour. Je ne suis pas le seul fautif…

Un vide s'installa au même moment.

— Dois-je te rappeler à quel point tu as pu me faire souffrir ? reprit la femme. Tu sais que je t'aime, mais… je n'en peux plus de la situation. Je fais toujours ce que toi tu veux. Si tu refuses de me voir, je dois l'accepter. C'est trop pour moi. Je ne suis pas ton jouet.

— C'est toi qui dis ça ? Ce n'est pas moi qui vis une double vie…

— Stop. Poursuivre cette discussion nous fera plus de mal qu'autre chose, alors arrêtons ici, s'il te plaît…

— Tu sais que j'ai raison.

— Je dois y aller.

Elle hésita un instant ; puis posa ses lèvres sur la joue de William avant de s'éclipser du café. Le pauvre homme resta assis, le regard figé, noyé dans un chagrin indescriptible.

***

— David ?

L'homme avait les pieds dans son jardin, bien décidé à remettre de l'ordre après les dégâts causés par le chien du voisin. Au moment où la voix de sa femme résonna dans son esprit, il accourut jusqu'à elle dans un élan de précipitation.

— Oui ?

— J'ai besoin que tu me prennes dans tes bras, dit-elle, le regard rempli d'une certaine tristesse.

Alors, sans attendre, il exécuta le souhait de sa bien-aimée sans lui demander la moindre explication.

— Je t'aime, David.

— Je le sais... Et moi je suis fou de toi.

Les pupilles de l'homme se dilataient à chaque fois que son regard se posait sur elle. Il ne pouvait s'empêcher de la contempler ; il était totalement fasciné par cette femme. Parfois, il s'interrogeait. Il se répétait que ce qui lui arrivait était trop beau, qu'il y avait forcément quelque chose de mal caché derrière ce bonheur.

— Une pizza devant ton film préféré ?

Emma sourit avant de répliquer :

— Et ton jardin ?

— Il me passionne… mais tu passeras toujours avant le reste.

— Si tous les hommes étaient comme toi…

— Tu n'en as besoin que d'un seul, bébé.

Les deux amoureux passèrent ainsi leur début de soirée, collés l'un à l'autre au fond du canapé, les yeux fixés sur l'écran et les lèvres tachées de tomate. Emma aimait toutes les petites attentions que David lui offraient. Il parvenait à lui rendre le sourire, même lorsque la situation lui semblait trop difficile.

Très vite, David sentit la fatigue le submerger. Il tentait désespérément de rester éveillé mais, force était de constater que sa tentative était vouée à l'échec ; et il ne mit que quelques instants avant de sombrer dans un profond sommeil.

Emma ne se sentait plus très rassurée au moment où elle se retrouva seule. Son mari n'était plus présent – du moins, pas moralement –, ce qui l'incitait à penser à William. Elle s'empara assez rapidement de son téléphone malgré toutes les interdictions qu'elle s'était fixées et jeta un coup d'œil sur l'écran.

Aucun message.

Elle verrouilla son téléphone aussitôt, puis le déverrouilla dans la seconde qui suivit. Elle répéta cette action une dizaine de fois avant de se faire une raison.

Cette nuit-là, Emma la trouvait affreusement longue. Les secondes défilaient lentement, parfois elle avait même l'impression qu'elles se bloquaient un instant, puis qu'elles reprenaient leur rythme habituel. Elle ne supportait plus cette situation ; elle avait besoin de dormir mais cela lui était impossible. Elle s'empara alors d'un bouquin qui traînassait et se plongea à l'intérieur de l'histoire.

***

— Il me hante.

— Cela fait à peine quelques jours que vous avez commencé, laissez-vous du temps, Emma.

Elle tourna aussitôt son regard sur la fenêtre et souffla.

— Vous y parviendrez. La vie n'est pas si simple. Si c'était le cas, nous nous ennuierions à mourir, non ?

— Je le veux. Je le désire. Je l'ai dans la peau. Vous comprenez ? Avez-vous déjà ressenti cela ? Je suis follement amoureuse de cet homme…

Monsieur Romero laissa le silence s'installer quelques instants tout en fixant longuement la femme. Il en avait déjà connu des cas comme celui-là, mais il avait toujours eu du mal à gérer la situation. Non pas que la solution au problème soit inexistante, mais le travail pour l'obtenir n'était pas de tout repos.

— Me forcer à l'oublier, ce n'est pas la solution ; au contraire, je passe mon temps à penser à lui ! Si David n'est pas là, c'est fichu, je retombe dans la nostalgie… Je ne comprends pas pourquoi l'amour c'est si compliqué ! Qu'a-t-on fait pour que tout cela nous tombe dessus ? Pourquoi certaines personnes ne s'aiment-elles pas de la même façon ? Pourquoi aimer plusieurs hommes en même temps ?

— Vous vous posez beaucoup de questions, Emma. Vous trouverez toutes vos réponses un jour, soyez patiente. Elles se révéleront à vous sans que vous ne vous y attendiez.

— Je ne veux pas attendre… Toute cette histoire m'empêche de vivre. Si vous avez des réponses à me fournir, faites-le.

— Vous seule les trouverez, répondit le psychologue. Vos expériences, vos analyses, vos lectures ; tout est un puzzle… Lorsque toutes les pièces seront assemblées les unes aux autres, vous y verrez plus clair. En attendant, je vous propose de lire ce livre : « Waldën-Stells, le jeu de la vie et ses plus grands secrets… » ; il pourrait vous aider d'une certaine façon.

— En quoi lire un bouquin pourrait-il me donner la solution à mon problème ? demanda Emma, pas très convaincue.

— Parfois, les idées formulées peuvent nous amener à changer notre vision de la vie. Lisez, vous comprendrez. Et puis écrivez aussi, c'est une bonne thérapie.

Elle acquiesça d'un signe de la tête avant de faire glisser ses mains sur son visage.

— Que me conseillez-vous de faire à présent ? Si Will ne fait plus partie de ma vie, je n'y arrive plus, il me manque quelque chose… Il doit rester.

— Si vous ne parvenez pas à quitter votre amant, quittez votre mari.

Emma se figea aussitôt. Les battements de son cœur s'accélérèrent et son corps se réchauffa à une vitesse impressionnante.

— Vous rigolez… David est parfait ! C'est un homme très attentionné, il m'offre tout ce dont j'ai besoin.

— Tout ou presque, l'interrompit-il.

— Presque, oui. Mais j'ai une vie stable avec lui… Je ne supporterais pas de tout perdre, ainsi que de le perdre. Il nous arrive parfois de nous disputer mais ce n'est pas bien méchant… J'aime vivre avec David ! Avec Will je ne le supporterais pas… Au début de notre relation il habitait assez loin. Il a beau avoir fait un effort pour se rapprocher de moi, ça ne l'empêche pas de ne pas vouloir me voir. A croire que je ne lui manque pas…

— Hm. Peut-être que si vous… si vous révéliez tout à votre mari, il pourrait vous pardonner. Le fait qu'il soit au courant vous obligera à ne pas revoir William. David fera en sorte que ça n'arrive pas, vous pouvez en être certaine.

— Et s'il ne me pardonne pas ? Et puis, jamais je n'oserai… J'ai trop peur de sa réaction… Trop peur de le perdre.

— Vous avez les cartes en main.

Chapitre 3 :

Emma avançait doucement dans la longue allée du centre commercial. Elle ralentissait à certains moments, il lui arrivait même parfois de se stopper, puis de revenir en arrière. Elle faisait pivoter son visage d'un côté jusqu'à l'autre, comme si elle cherchait quelque chose. Son corps tremblait davantage à chaque nouveau pas.

— Emma ! s'écria William, qui se trouvait un peu plus loin.

La femme se retourna immédiatement.

— Je te vois depuis tout à l'heure, dit-il une fois près d'elle. Tu m'attendais ?

Elle ne répondit rien ; elle se contenta simplement de recouvrir les lèvres de l'homme d'un baiser violent. Le pauvre garçon ne s'en remit pas. Il restait encore sous le choc.

— Eh ben ça alors...

— Je... je... je suis désolée, lança Emma, complètement effrayée par ce qui venait de se produire.

— Pourquoi être désolée, mon amour ?

— J'attendais que tu sortes du boulot... Ta journée s'est bien passée ?

— Emma... c'est quoi cette question, là... Pourquoi es-tu désolée ?

Elle resta plantée devant lui sans articuler un seul mot.

— Tu ne reviens pas vers moi, c'est ça ?

— J'avais besoin de… tu me manques, voilà… Il fallait que je te voie, que je te touche…

— Mais ?

— Mais ça ne change rien à notre dernière discussion… Je suis vraiment désolée, Will…

— Est-ce que tu te rends compte de ce que tu viens de faire ? C'est vraiment dégueulasse de ta part.

Il commençait à s'éloigner lorsqu'elle s'écria :

— Mais attends, Will !

— Tchao.

***

— Répète un peu ça, dit David.

— Oui, oui, je t'assure. Elle me l'a dit il y a quelques jours ! Cela fait déjà plusieurs mois maintenant. Son petit-ami n'est au courant de rien du tout…

Emma avait le visage qui s'enflammait à chaque mot qu'elle prononçait. Des plaques rouges apparaissaient également au-dessus de sa poitrine lorsqu'elle ressentait de fortes émotions.

— Pourquoi te mets-tu dans un état pareil ? demanda David.

— Je ne sais pas… Cette histoire me fait peur. Ça pourrait arriver à n'importe qui…

— Sur ce point tu as raison. A sa place, si jamais j'apprenais que ma copine me trompe, je crois que je ne lui laisserais même pas une chance de s'expliquer. Je ne comprends pas comment on peut faire ça.

***

— Vous comprenez maintenant ?! Impossible de lui en parler.

— Comme il vous est impossible de quitter l'un des deux… répliqua le psychologue.

— Je trouve en l'autre ce que je ne trouve pas chez l'un… A eux deux, je me sens parfaitement bien…

— Emma, revenez me voir la semaine prochaine. En attendant, je vais vous donner un exercice. Arrêtez de penser. Vivez votre vie sans réfléchir aux conséquences de vos actes. Arrêtez de vous répéter que ce que vous faites est mal. Vivez, simplement.

— A quoi cela va-t-il me servir ?

— Nous verrons cela la semaine prochaine. Rentrez chez vous à présent.

***

Quelques jours passèrent avant que David et Emma ne se retrouvent au restaurant pour une petite soirée en amoureux. Elle s'était habillée avec une longue robe rouge qui mettait en valeur son corps ; et le parfum qui émanait de sa peau donnait un goût délicieux aux lèvres de David. Lui, avait sorti le costume. Il leur arrivait souvent de se balader ; de partager des moments de complicité à deux. S'aimer était une chose, mais ils adoraient jouer ; se taquiner ; se faire désirer… Ainsi, leur couple leur paraissait moins monotone et la vie qu'ils menaient, plus excitante.

— Tu es vraiment magnifique ce soir, Emma.

— Et toi, tu n'es pas mal du tout dans ton genre, lui murmura sa femme d'une voix à la fois douce et sensuelle.

— J'aime beaucoup le personnage que tu incarnes lors de nos soirées.

Elle se mit à rougir légèrement.

— J'aime te plaire, David.

L'homme fit signe au serveur de ramener une bouteille sur la table, puis fixa longuement sa femme. Le vert de ses yeux brillait davantage que les autres jours. Il ne se lassait pas de la considérer avec enthousiasme, d'étudier chaque détail de son visage. Parfois, il lui arrivait de se perdre dans son regard ; le pauvre ne s'en rendait pas compte. Cela faisait sourire Emma quand elle le voyait faire.

— Je reviens tout de suite.

Elle se dirigea jusqu'aux toilettes pour se rafraîchir un peu. Mais, l'instant d'après, alors qu'elle s'était déjà bien éloignée de la table, son téléphone se mit à sonner. David s'empara alors de l'appareil et décrocha :

— Allô ?

Aucune autre voix ne se fit entendre.

— Allô ? Il y a quelqu'un ?

Emma fit son retour peu de temps après.

— J'espère ne pas avoir été trop longue… dit-elle en souriant.

— Tu as reçu un appel d'un certain « W ». J'ai décroché mais aucun signe de vie. Qui est-ce ?

Emma se figea en un instant et des plaques rouges firent leur apparition au-dessus de sa poitrine.

— Tu devrais retourner te passer de l'eau, tu n'as pas l'air très bien.

— Si, ça va, reprit-elle doucement après avoir simulé une toux violente. J'ai dû avaler de travers... Que disais-tu ?

— Un certain « W » t'a appelée. Qui est-ce ?

— Oh, de la pub.

— De la pub ? A cette heure-ci ? Et puis personne n'a répondu quand j'ai décroché.

David restait perplexe.

— Ecoute, je ne sais pas, moi. Ce numéro m'a appelée un jour et la personne a essayé de me vendre quelque chose. J'ai refusé et depuis elle continue de m'appeler.

— Et pourquoi l'avoir surnommée « W » ?

— Pourquoi toutes ces questions ?! On ne va pas parler de ça toute la soirée quand même, s'agita la femme.

— Je m'interroge seulement, Emma.

— Eh bien, si tu veux tout savoir, j'ai tapé sur la première touche que j'ai vue !

— Ne t'énerve pas, mon amour...

— Désolée, mais... on gâche notre soirée à parler de ça.

Il s'empara aussitôt des mains de sa femme et posa ses lèvres sur l'une d'entre elles. Emma sourit alors en rougissant légèrement.

— Comment se passe ton boulot ? reprit-elle.

— Bien, bien. Une nouvelle collègue ne devrait pas tarder à arriver suite au départ de Franck !

***

Le lendemain, Emma se rendit chez le coiffeur d'un pas assuré. Elle semblait impatiente. Son regard se baladait sans cesse autour d'elle tandis qu'on donnait une nouvelle vie à ses cheveux blonds. Elle fixait les aiguilles de la pendule assez souvent ; parfois même, ses yeux finissaient par pleurer, à force de les laisser trop longtemps ouverts. Elle y resta un sacré bout de temps, dans ce salon !

Emma fut plus que satisfaite du résultat et ne perdit pas une seule seconde pour s'enfuir jusqu'au magasin où William vendait ses jouets. A son arrivée, elle paniqua un instant, mais très vite son sérieux remplaça ses angoisses.

Son regard, en un instant, fut immédiatement attiré par l'homme. Il se trouvait vers le rayon des costumes pour enfants, en train de conseiller une cliente. Emma se rapprocha, doucement, et se révéla à lui lorsque l'autre femme disparût.

— Emma ? Qu'est-ce que tu veux encore ? Je crois que tu as été très claire avec...

— Je t'attends à la fin de ton service, l'interrompit-elle brusquement. Je dois te parler.

— Stop. Je ne veux plus t'entendre. Rentre chez toi maintenant.

Emma ne s'attendait pas à une telle réaction. Ses yeux se mirent à briller devant l'indifférence de William ; puis, elle fit demi-tour sans articuler un seul mot.

Malgré ce qui venait de se produire, elle ne put s'empêcher d'attendre la fin de son service. Alors, elle se posa au café d'en face et tenta de l'observer autant qu'elle le pouvait, lorsqu'il ne se cachait pas derrière les rayons.

A sa sortie, Emma accourut jusqu'à l'homme en s'écriant son prénom et celui-ci se stoppa lorsque la voix de la femme parvint à ses oreilles. Il se retourna en sa direction, assez surpris de la trouver encore ici.

— Will, attends. Ecoute-moi. Je suis désolée. Désolée pour tout. Pour tout le mal que je te fais... Vraiment, ce n'est pas mon intention, mais... je ne sais pas pourquoi je suis comme ça avec toi... Accepte mes excuses, s'il te plaît... Je ne peux pas sans toi, je vais faire des efforts, tu verras !

Il la fixa longuement avec insistance, sans lui donner une quelque réponse que ce soit.

— Parle, dis quelque chose... le relança Emma.

L'homme avait un visage qui reflétait à la fois une grande peine et un amour n'ayant aucune limite. Il sembla hésiter un instant, mais finit par lui tendre sa main. La femme la lui attrapa et la lui serra très fort, tout en gardant ses yeux plongés dans ceux de l'homme.

Tous les deux rentrèrent chez Will, plus amoureux que jamais. Emma passa la nuit là-bas. Il resta plusieurs heures à contempler son nouveau visage que ses cheveux avaient réussi à lui donner, et ils s'échangèrent beaucoup de mots tandis que leurs deux corps s'entremêlaient.

***

David avait préparé une table plus belle que jamais. Il attendait sa femme, qui venait à l'instant de refaire surface. Il la guettait du coin de l'œil, se demandant si tout allait bien, elle qui ne montrait aucun signe d'émotion.

Une fois assise devant son assiette, Emma laissa échapper un léger sourire à son mari, le remerciant de toute l'attention qu'il lui portait.

— Ton message d'hier soir… je ne l'ai pas bien compris. Qu'avait-elle encore, ta cousine ? Il faudrait vraiment que tu prennes le temps de m'expliquer un jour. Je pourrais peut-être l'aider, qui sait ?

Elle l'écoutait sans dire un mot. En vérité elle ne savait plus quoi inventer comme excuse pour filer en douce. Elle était obligée d'inventer des histoires qui, au final, n'étaient pas cohérentes du tout. Chaque mensonge qui passait par sa bouche devenait de plus en plus lourd à porter.

— Je sais que ça t'affecte, David… que ça affecte notre couple, mais… je ne peux pas, je ne préfère pas t'en parler… Elle a confiance en moi. Tout sera réglé bientôt, j'espère…

Il préféra ne rien répondre à ce sujet et lui dit :

— Tu es très jolie avec cette nouvelle coiffure…

Plusieurs heures s'écoulèrent chez le couple. Entre les câlins et les autres câlins encore, les deux amoureux n'avaient plus beaucoup de temps pour faire autre chose. Parfois, Emma s'éloignait pour consulter son téléphone. Elle avait passé quelques minutes à rédiger un joli message d'amour pour William et elle voulait s'assurer que l'homme lui avait répondu. Mais ce n'était pas le cas. Alors elle attendait, tout en profitant des moments qu'elle passait avec son mari.

***

— Alors ? Vous y êtes parvenue ? A ne plus penser ? demanda le psychologue, le regard scotché sur la femme.

Elle se mit à réfléchir pendant un instant avant de lui répondre.

— Ne plus penser, pour moi, est impossible. Encore moins quand ça touche à l'amour… C'est le chantier dans ma tête… J'ai pourtant essayé de me changer les idées ! J'ai agi comme je le souhaitais tout en me répétant que je ne faisais rien de mal… mais… je n'ai pas pu m'empêcher à certains moments de me dire que ce n'était pas bien… puisque je suis retournée voir Will. Du coup, je ne l'ai pas super bien vécu, votre exercice.

— Voilà pourquoi je voulais que vous fassiez une pause. Vous ne savez pas penser, Emma. Du moins, vous le faites mal. Vous n'êtes pas assez détendue. Vous sentez qu'il y a trop de choses à gérer et vous finissez par vous perdre.

Elle le laissa s'exprimer, ne sachant quoi répondre. Elle savait qu'il avait raison et elle ne pouvait en aucun cas le contredire.

— Il vous faut de l'entraînement. Il suffit de vous poser les bonnes questions pour vous sortir d'affaire.

— Et où vais-je les trouver, ces questions ? Je ne suis même pas sûre de connaître les réponses.

— Cherchez là où vous ne l'avez pas encore fait. Vous êtes-vous déjà demandé ce qui allait vous faire le plus de mal lorsque vous abandonnerez l'une des deux personnes ? Et, au contraire, ce qui vous fera le plus de bien avec celle avec qui vous resterez ? A quoi pensez-vous exactement ? Aux pertes que vous allez subir en en quittant un, ou à ce que vous allez gagner en restant avec l'autre ?

— Que voulez-vous me faire dire ? lui lança-t-elle d'un regard intrigué.

— Au fond, vous ne cherchez pas vraiment à aller mieux, si ce n'est par rapport à votre culpabilité. Vous aimez être avec ces deux hommes, c'est évident. Vous voulez simplement faire en sorte de souffrir le moins possible. L'autre jour vous me disiez ne pas vouloir lâcher David car vous en souffririez trop, de son absence ; quant à William, vous vous sentez très épanouie avec lui, et perdre cette sensation vous ferait souffrir également d'une certaine façon.

— Vous avez raison... S'il n'y avait pas cette culpabilité qui me ronge, je vivrais cette situation assez bien, avoua Emma. Vous savez, si j'avais su que Will allait revenir, je ne me serais jamais remise avec quelqu'un... Mais, en même temps, pour moi c'était terminé, jamais je n'aurais pensé qu'il allait refaire surface. Il fallait bien que je construise ma vie, je ne pouvais pas l'attendre éternellement. Aujourd'hui, je me demande si c'est une bonne idée de nous laisser une chance alors que l'on s'est tellement détruits... J'écoute souvent les gens autour de moi dire qu'il ne faut jamais retourner vers ses ex, qu'il y a une raison pour laquelle ça n'a pas fonctionné, et qu'il est donc inutile de regarder en arrière... Je ne sais pas trop quoi en penser. A vrai dire, je pense surtout que ça dépend des situations...

— Rentrez chez vous, l'interrompit le psychologue. Reposez-vous. Partez en vacances quelques jours, seule, loin de tout, vous saurez ce dont vous avez besoin.

***

Le lendemain, William donna rendez-vous à la femme dans le café où ils avaient pour habitude de se réunir. Un regard de tendresse se dressa aussitôt sur son visage lorsqu'elle l'aperçut.

— Désolé pour le retard, fit l'homme une fois installé.

Elle enchaina immédiatement sur le sujet qui l'avait fait venir ici.

— Alors ? Que voulais-tu me dire de si important ? Et, pourquoi n'as-tu pas répondu à mon message hier ?

L'homme semblait ne pas savoir par où commencer. Ses yeux restèrent figés sur Emma pendant un moment avant qu'il ne se décide à articuler ses premiers mots.

— Je crois que je ne parviens plus à supporter cette situation ; le fait de te partager avec un autre…

La femme resta bouche bée. Elle ne s'attendait vraiment pas à ce que William lui dise cela.

— Alors… tant que tu n'auras pas fait ton choix, il est préférable qu'on arrête de se voir.

— Will… S'il te plaît… Tu connais les sentiments que j'ai pour toi. Tu dis que je change tout le temps d'avis mais toi tu n'es pas mieux !

— On dirait que tu tiens le rôle d'un homme qui joue avec les femmes et la vie… J'en ai assez de tes « je ne veux plus te parler » ; « c'est fini entre nous » ; et toutes ces autres réflexions que tu peux me sortir. Ça me fait mal de te dire ces choses-là, mais il faut bien qu'on se rende à l'évidence. Ce n'est pas une vie de vivre ainsi. Guillaume Musso a écrit « Tu cesseras d'être déçu quand tu auras arrêté d'espérer ». Je crois bien que je devrais le prendre en considération…

Chapitre 4 :

Le lendemain, à la première heure, Emma ne perdit pas une seule seconde à fuir les deux hommes de sa vie. Sur la route, elle ne faisait guère attention aux panneaux de direction ; se lancer dans l'inconnu, c'est ce qui lui donnait cette sensation de liberté dont elle ne pouvait se passer.

Elle passa des heures enfermée dans sa voiture, supportant cette chaleur atroce. Il lui arrivait bien de s'arrêter quelques instants pour se rafraîchir un peu et se détendre, mais elle reprenait très vite le volant ; elle pensait que conduire l'aidait à ne pas se souvenir. Pourtant, au regard qu'elle lançait, ce qui s'était produit la veille semblait toujours la hanter.

Elle finit par décider de l'endroit où elle passerait la nuit : une plage, dans le sud. A son arrivée, malgré tout le brouhaha qui animait la ville, elle semblait avoir atterri dans un coin de solitude absolu. Tout lui paraissait sans importance. Elle sillonnait les rues, à la recherche de ce qui pourrait peut-être lui changer les idées. Parfois, elle se demandait ce qu'elle était venue faire ici et, surtout, si cela allait l'aider.

Après un long moment de marche, elle préféra rejoindre la plage et s'y poser tranquillement. L'air était devenu légèrement frais, elle s'y sentait bien. Elle alla même se tremper les pieds dans la mer. Elle retrouva une sensation qui était enfouie en elle depuis des années à présent : celle de ne rien devoir à personne, d'être libre comme l'air. Le stress envolé, le corps qui respire totalement. Bien sûr, il lui arrivait parfois de ressentir cela, mais cette fois-ci, c'était plus fort. Et c'est ce qui lui manquait pour faire le vide dans sa tête. Son esprit était enfin apaisé. Ses deux priorités dans la vie avaient complètement disparu le temps d'une nuit.

Au petit matin, Emma fut réveillée par un soleil qui lui brûlait la peau. Sa première pensée fut pour David. Elle aurait tant voulu qu'il soit près d'elle, qu'il profite de cet agréable moment comme elle le faisait. Ils auraient pris des photos, auraient fait des batailles d'eau… Une complicité comme la leur était enviée par tous leurs amis.

Emma décida de rejoindre la voiture afin de récupérer son ordinateur. Puis, elle se posa à la terrasse d'un café qui donnait sur une autre plage.

— Votre petit-déjeuner, dit le serveur.

— Je vous remercie, lança-t-elle avec un sourire majuscule.

Elle alluma son appareil et tenta de suivre les conseils de son psychologue : écrire. Il était persuadé que c'était un moyen efficace pour se sentir mieux. Alors, durant plusieurs heures, la femme assembla plusieurs mots afin de créer des phrases, qui, une à une, construisirent un réel sens à l'histoire qu'elle écrivait. Elle y trouva un certain plaisir. Elle n'avait jamais vraiment réfléchi à cette idée d'écrire, mais aujourd'hui cette activité prenait une place essentielle dans sa vie. Finalement, les mots d'amour qu'elle aimait tant échanger avec William se rapprochaient grandement de l'écriture qu'elle venait de commencer, d'où un certain plaisir.

Elle adorait se trouver ici. Taper sur son clavier tout en observant la vie autour d'elle lui faisait un grand bien. A la table d'en face deux jeunes couples buvaient un café. L'un des deux hommes regardait chaque femme qui passait près de lui, sans tenter une quelconque discrétion. Sa petite-amie était spectatrice mais ne réagissait pas. Sans doute avait-elle l'habitude de ce genre de situation. Emma n'en revenait pas. Elle rageait intérieurement. L'amour qu'elle éprouvait envers deux hommes différents n'était pas prévu, elle aurait tout fait pour l'éviter si elle avait pu. Et lui, ce garçon, en face, prenait plaisir à draguer d'autres femmes. Il en avait clairement conscience.

***

— Et les plus âgés ont 17 ans, la renseigna David. On a prévu une activité pour cet après-midi avec les autres collègues. Tu te joins à nous ?

— Bien sûr.

— Je suis content que tu fasses partie de l'équipe, Lou.

Le petit Antoine arriva précipitamment devant David, complètement paniqué.

— Qu'est-ce qui t'arrive ?

— C'est Loïc, il essaie encore de me mettre des bêtes dans mes habits !

— J'arrive. Retourne dehors en attendant.

Le garçon obéit, mais trébucha lorsqu'il se retourna pour sortir.

— Antoine ! Mon ordi ! Il est fichu, là…

— Oh, David… Je… désolé… Je n'ai vraiment pas fait exprès.

***

Emma avait toujours le nez devant l'écran. Parfois elle se stoppait dans son activité et repensait à David et à Will. Au fond d'elle, la solution était écrite, la réponse à son problème lui était dévoilée. Et cela ne datait pas d'aujourd'hui. Mais c'était seulement maintenant qu'elle s'en rendait compte. Elle avait pesé le pour et le contre et avait dû faire un choix entre les deux hommes. Elle hésita un instant, puis ouvrit une nouvelle page d'écriture.

« Hey.

Si je t'écris tout cela, c'est parce que j'en ai besoin et je voudrais que tu ressentes l'amour une dernière fois… Nous avons vécu des choses, ressenti des tas d'émotions qui nous ont fait du mal : colère ; tristesse ; nostalgie… et j'en passe. Et pourtant, ce sentiment que j'éprouve pour toi ne me quitte pas d'une seconde. Il est si puissant que je doute qu'un jour il parvienne à s'effacer définitivement.

Tu as eu une place dans ma vie, tu en as fait partie plus que personne n'en fera probablement jamais partie, pas forcément par la durée mais par l'intensité.

J'ai supprimé tout ce que j'avais de toi sur mon téléphone. Cela m'a demandé un effort considérable. Je dois encore détruire nos souvenirs de mon ordinateur, puis j'effacerai ce message (dans quelques jours, quand je serai prête) ainsi que ton adresse mail. Tout ce qui te concerne aura disparu, tu n'apparaîtras plus sur mon téléphone, et j'espère qu'un jour mon cœur te bloquera, et que le tien fera de même. C'est sans doute mieux pour nous.

J'ai beaucoup pleuré pour toi ; j'ai passé des journées et des nuits à me sentir mal, à me demander si tout cela avait un sens, si j'avais mérité tout ce qui m'arrive. Je n'ai jamais eu de réponse. Ou, peut-être que je ne voulais pas en avoir... car parfois la réalité est dure à accepter. Mais tu m'as fait sourire, donné de l'espoir quand j'en avais besoin, donné de l'amour, le vrai, celui que j'avais tant attendu à une époque. Tu m'as beaucoup apporté, tu m'as fait vivre des moments de la vie qui me feront grandir, et je ne peux pas regretter tout cela. Un jour mon chagrin diminuera, il sera plus doux, plus agréable à supporter, et alors je sourirai en pensant à toi. Ces quelques mots me donnent les larmes aux yeux...

J'ai du mal à supporter le fait que quelque chose se place toujours entre nous. Je suis persuadée qu'une force inconnue est derrière tout ça. Tout aurait pu être simple, mais non. Quelqu'un en a décidé autrement. Peut-être que plus les sentiments sont forts, plus c'est compliqué, vraiment je n'en sais rien, j'essaie juste de comprendre.

Je suis désolée de t'avoir autant blessé. La personne que j'aime et que je veux rendre heureuse ne mérite pas tout cela. Et je sais, j'aurais beau dire n'importe quoi, ça n'effacera en rien tout ce qui a pu se produire. Je dois accepter tout ce qui se passe et en tirer des leçons.

La souffrance devient une épreuve que je parviens à maîtriser un peu plus à chaque fois que je la subis ; mais j'ai toujours l'impression que je n'aurai jamais totalement le contrôle sur elle.

Je ne veux pas terminer d'écrire cette lettre ; c'est ce qui me rapproche de toi pour la dernière fois, et le fait d'en avoir conscience est une torture.

J'aurais tellement aimé être cette fille dont tu sois fière, que tu apprécies et que tu aimes, qui te fasse avancer... celle dont tu parles à tout le monde en bien. Je suis vraiment triste que ce ne soit pas le cas.

Je suis tombée littéralement (et c'est le cas de le dire) amoureuse de toi, Will. Ce que je ressens ne peut être décrit avec des mots reflétant parfaitement, avec exactitude, ces sentiments.

Mon amour, excuse-moi de t'appeler ainsi, mais c'est un adieu et si c'est la dernière fois que mes mots te sont destinés, je me permets quelques folies.

Si je suis incapable de choisir entre toi et quelqu'un d'autre, je ferai en sorte d'être capable de ne plus te faire souffrir en ne te faisant plus jamais rentrer dans ma vie. J'ai peur de céder si tu voulais revenir à un moment ou à un autre, mais il faut que je pense à toi, que je me force... et puis, si jamais cela arrivait, mon cœur chuterait de nouveau, et notre histoire vouée à l'échec recommencerait, ce qui n'est plus envisageable. Alors, s'il te plaît, ne reviens plus... Tu es ma faiblesse et je ne peux te résister.

Le fil sur lequel tu me guidais par la force de ton amour s'est cassé ; il n'est plus possible de reculer ou d'avancer, je me suis totalement envolée... Et me rattraper serait chose trop risquée, « sauf si » tu es prêt à subir le voyage, plutôt périlleux, il faut le dire... alors dans ce cas je serai là, mais ce serait être fou que de l'accepter.

J'espère que ton cœur gardera quelques bons souvenirs de notre histoire, que, lorsque tu y repenseras, un sourire se dessinera sur tes lèvres.

Je t'embrasse de milliers de baisers interdits... et te souhaite d'être heureux, en espérant qu'un jour tu parviennes à pardonner mes erreurs.

Prends soin de toi. Je ne supporterai pas qu'il t'arrive quelque chose.

Je t'aime follement, amoureusement, passionnément, d'un amour qui n'a aucune limite.

E. »

Chapitre 5 :

— David. C'est avec David que je veux vivre.

— En êtes-vous certaine ? demanda monsieur Romero.

— Certaine, non… Je ne suis jamais sûre de rien vous savez. Mais avant de partir quelques jours en vacances comme vous me l'aviez conseillé, Will m'a posé un ultimatum… Je devais choisir l'un des deux, il ne supportait plus de me partager…

— Et pourquoi avoir choisi David alors ?

— Depuis le début, mon histoire avec Will a été vouée à l'échec. Pourquoi, aujourd'hui, cela changerait-il ? Et puis, mes attentes à présent sont différentes. Avant je recherchais cet amour d'une puissance inconnue, qui me ferait ressentir des sensations incroyables… et je l'ai trouvé. Maintenant, j'aimerais vraiment rester posée, avoir une famille. Vous voyez ? Avec Will c'est impossible, nous n'avons pas grand-chose en commun, et puis c'est trop explosif entre nous. Certes, je suis très mal suite à cette décision, mais s'il ne supporte plus de me voir avec David, je ne peux pas l'empêcher de ne plus vouloir me voir… S'il faut atteindre le sol pour pouvoir rebondir correctement, alors je tomberai bien bas… car je compte bien rebondir ! Peu importe les efforts nécessaires, je suis prête, je pense.

— Je suis heureux de vous l'entendre dire.

***

— Oh David, comme je suis contente de te retrouver ! s'écria Emma lorsque l'homme rentra à la maison.

Elle se jeta à son cou sans perdre de temps.

— Tu m'as tellement manqué bébé, répliqua David. Ces quelques jours sans toi m'ont paru tellement longs, si tu savais…

— Je me doute… Ça fait du bien de rentrer à la maison ! Tu as l'air épuisé toi par contre…

— Dure journée.

— Va t'asseoir, on va se regarder un film en amoureux, dit-elle.

— C'est une excellente idée. Passe-moi ton ordinateur par contre, le mien est mort… Je t'expliquerai.

Les deux se câlinèrent le temps du téléchargement. Ces moments, Emma en raffolait. Elle n'imaginait pas une seule seconde devoir les abandonner.

David n'attendit pas la moitié du film pour fermer les yeux, ce qui n'était pas une grande surprise pour Emma qui, elle, poursuivit l'histoire tout en restant blottie dans les bras de son homme. De temps en temps, elle tournait sa tête en sa direction, elle le considérait avec plein d'amour et se mettait à sourire bêtement. Elle le trouvait tellement mignon lorsqu'il s'endormait comme un enfant.

Son téléphone se mit soudainement à vibrer dans sa poche ; et elle le déverrouilla d'une rapidité affolante. L'écran affichait un message de William. La femme n'avait pas reçu de nouvelle depuis la fameuse lettre qu'elle lui avait fait parvenir.

« Bonsoir Emma. Après plusieurs jours de silence, j'imagine que mon retour te surprend un peu. J'ai préféré réfléchir à la situation pour ne pas t'écrire de bêtise. Ta lettre m'a beaucoup touché. Tout ce qu'il y a d'écrit à l'intérieur est vrai... Tu dis dedans que tu ne crois plus en nous, mais au fond de toi tu sais que c'est faux. Tu écris que si je suis prêt à te rattraper, à subir ce voyage plutôt « périlleux », tout pourrait recommencer. Tu te souviens ? Je regrette de t'avoir blessée. Cette force invisible qui est contre nous est bel et bien là mais je ne la laisserai pas nous détruire davantage. Il faut être plus fort qu'elle... T'en sens-tu capable ? Tu m'as tellement manqué ces derniers jours. Ne pas t'écrire a été un véritable supplice. Si pour te garder près de moi je dois apprendre à te partager, je le ferai. Après tout, notre vie est rarement celle que l'on pourrait s'imaginer... Je ne sais ce qui adviendra dans le futur, peut-être que nos chemins se sépareront et, si c'est le cas, alors c'est la vie qui l'aura décidé. Mais, aujourd'hui, nous avons une chance de vivre ce que peu de personnes parviennent à vivre, et je ne voudrais pas gâcher cette chance… J'aimerais que tu m'acceptes de nouveau dans ton cœur, Emma. Je suis fou de toi… »

***

Sa peau chaude s'enflammait à chaque sensation agréable que son corps recevait. Son cœur brûlait d'amour pour cet homme. C'était une évidence qui se devinait à des kilomètres. Jamais, dans sa vie, elle n'aurait imaginé être victime d'une puissance aussi forte, à la fois libératrice et destructrice. Existe-t-il un autre sentiment aussi intense que celui-ci ? Probablement pas. L'amour est, en ce monde, le phénomène que tout le monde recherche tant sa force est impressionnante.

Les yeux d'Emma semblaient différents lorsque son regard se portait sur son Will. Ses pupilles brillaient davantage. Ce qu'elle éprouvait pour cet homme la rendait dans un état qu'elle parvenait difficilement à contrôler. Son énergie tendait à disparaître ; elle semblait moins agitée que d'habitude, malgré des pensées qui se bousculaient sans cesse dans son esprit. Le temps avançait bien trop vite à son goût lorsqu'elle se trouvait près de lui.

— Je…

— Tu… ? dit-il, afin de l'inciter à poursuivre.

— Sais-tu seulement à quel point je peux tenir à toi ? Je n'ai même pas de mot, Will. Malgré toute cette

histoire qui part dans tous les sens, je t'aime… et
j'espère que tu n'en doutes pas.

Il effleura alors son visage avec de tendres baisers et
les battements de cœurs qui résonnaient dans la pièce
se marièrent entre eux.

— Tu ne fais pas partie de ma vie, Emma. Tu es ma vie.
Comprends-tu ? Ce que tu ressens, je le ressens. Nous
sommes un. Nous avons parfois du mal à comprendre
les choix que nous faisons, mais il faut parvenir à
s'expliquer, pour mieux les accepter. Nous avons aussi
du mal à accepter le caractère de l'autre, mais il faut
faire des efforts chacun de notre côté, même si, j'en suis
conscient, c'est parfois difficile…

Emma ne le lâchait pas d'une seconde. Elle ne se
lassait pas de l'écouter parler, s'exprimer, sur différents
sujets. Parfois, elle se noyait dans ce qu'il racontait, mais
il parvenait toujours à la sauver avec ses bisous
magiques.

— Viens, on part en vacances ! lança William.

— Je viens à peine d'en rentrer… T'es complètement
fou !

— Fou de toi. Et puis, c'est ta folie qui m'atteint.
Bientôt on s'en ira quelques jours, rien que tous les
deux, je te le promets !

***

— Paul, attrape !

Cet après-midi, David avait en charge les jeunes de 15
à 16 ans. Plusieurs activités avaient été préparées au

stade de la commune avec ses deux collègues, Lou et Nicolas.

— Mais sers-toi de tes pieds, bon sang ! s'écria Loïc.

Les jeunes semblaient assez excités par le jeu ; certaines tensions se lisaient sur leur visage.

— Hé, oh ! Doucement là-bas ! lança David pour calmer les joueurs. Ça va, Erwin ?

— J'ai grave mal à la cheville...

David prit la place du jeune garçon pour éviter un déséquilibre dans l'une des équipes.

***

Emma était rentrée à la maison depuis plusieurs heures à présent. Elle s'était occupée avec un peu de ménage en attendant que David fasse son apparition.

A son arrivée, il n'était pas seul dans la voiture. Lou était là, elle aussi. Emma jeta un œil par la fenêtre et aperçut les deux adultes tentant de rejoindre la porte d'entrée.

— Que s'est-il passé ? demanda celle-ci, paniquée de voir son mari dans un état pareil.

— David a été blessé aujourd'hui... Nous l'avons emmené à l'hôpital, il a quelques côtes cassées. Il va devoir se reposer durant les jours qui viennent, il ne devra pas trop bouger... Mais ne vous en faites pas, dans quelques semaines tout ira mieux !

— Merci beaucoup de l'avoir ramené. Vous voulez que je vous dépose quelque part ? demanda Emma.

— C'est gentil mais je vais prendre le taxi.

David était positionné sur le canapé avec une grimace dessinée sur son visage. Il semblait vraiment mal en point.

— Que s'est-il passé pour que tu reviennes comme ça ? l'interrogea sa femme.

— Le ballon a été envoyé sur la route et il y avait un virage, je n'ai pas fait attention… Je ne sais pas trop ce qui s'est passé en réalité… Tout a été trop vite…

— Repose-toi mon chéri…

***

Emma avait quitté le domicile familial pour se rendre jusqu'au cabinet de monsieur Romero. Elle marchait d'un pas rapide pour tenter d'arriver à l'heure mais l'état de David l'avait mise légèrement en retard.

— Je pensais que vous ne viendriez pas, lança le psychologue en la voyant passer la porte.

— Désolée, petit contretemps.

***

David semblait agacé par les chaînes de télévision ; il ne faisait que zapper toutes les trente secondes. Il fixa soudainement son regard sur l'ordinateur de sa femme. L'écran affichait le dernier film téléchargé.

**

Durant une quinzaines de minutes, Emma expliqua à monsieur Romero les derniers événements de sa vie.

— Alors, maintenant que vous savez tout, que dois-je faire ? N'y a-t-il aucune solution ?

— Chaque décision aura de bonnes comme de mauvaises conséquences.

— Alors, quel est l'intérêt d'avoir fait tout ce travail avec vous ? reprit-elle, perdue par la situation.

— Pour que vous compreniez, Emma. Pour que vous sachiez ce que vous voulez vraiment ; car si on ne se connaît pas en grande partie, on ne pourra pas faire en sorte de faire les bons choix afin d'être heureux. Maintenant, dites-vous bien que quelle que soit la ou les décisions que vous prendrez, elles feront toujours du bien et du mal à différentes personnes... mais il faut vivre pour vous aussi.

— Vous avez raison... Mais à qui faire le moins de mal ? Je ne sais pas quoi faire...

— Faites ce qui vous plaît. Ne vivez pas en fonction des autres, des conventions, car c'est pour cette raison que vous vous sentez coupable. Vivez en fonction de vos valeurs, de ce que vous défendez. Si vous voulez vivre vos deux relations, faites-le. Ne laissez personne vous bloquer sur votre propre chemin. Vous savez, beaucoup de choses sont remises en question dans ce monde... Ça ne m'étonnerait pas que dans quelques années, les relations à plusieurs soient courantes dans notre société...

— J'aime beaucoup ce que vous venez de dire là... En ce moment, c'est vrai que notre société est nulle ! Je ne vois pas pourquoi on ne pourrait pas avoir plein d'amoureux alors qu'on a le droit d'avoir plusieurs amitiés...

— C'est exact. Alors si vous pensez que ce que vous faites est juste, battez-vous pour, afin que les gens comprennent, adoptent un mode de vie tel que lui, ou continuez à le cacher en vivant vos histoires comme avant mais il faut arrêter de culpabiliser. Sinon, autre solution, arrêtez tout, mais vous vous sentirez mal. Et puis, personnellement, même si je n'ai jamais vécu ce que vous vivez, je parviens à vous comprendre ! Tous mes conseils ne vaudront rien pour certaines personnes, alors faites-en ce que vous voulez Emma, mais sachez que je ne veux que votre bonheur. Shakespeare a dit : « Je me sens toujours heureux, vous savez pourquoi ? Parce que je n'attends rien de personne. Les attentes font toujours mal, la vie est courte. Aimez votre vie, soyez heureux, gardez le sourire et souvenez-vous : avant de parler, écoutez ; avant d'écrire, réfléchissez ; avant de prier, pardonnez ; avant de blesser, considérer l'autre ; avant de détester, aimez. Et avant de mourir, vivez ! ». Alors n'ayez pas peur de vivre, Emma !

***

Emma venait tout juste de rentrer à la maison. Elle se dirigea alors jusqu'au salon pour rejoindre David et, à sa grande surprise, elle le trouva nez à nez avec son propre ordinateur.

— Que fais-tu avec ? Tout va bien ? demanda la femme. Tu sembles tout pâle...

— J'ai voulu l'utiliser pour regarder un film...

— Oui, il y a le dernier qui est sorti au cinéma si tu veux, je viens de le télécharger.

— Emma. Il y avait une page de traitement de texte ouverte.

Sa femme changea de couleur de peau en un rien de temps à l'écoute de ces derniers mots.

— J'ai tout lu. Tout ce que tu avais écrit pendant tes vacances. Toi. Will. Moi. Je comprends mieux l'explication de tes plaques rouges...

Partie 2

Chapitre 1 :

Plusieurs jours s'étaient écoulés depuis que David avait découvert le secret d'Emma. Tout semblait à présent différent entre les deux amoureux. Lui, préférait passer ses nuits au salon ; il restait bien trop furieux pour se permettre de dormir en sa compagnie. Il lui fallait du temps pour avaler l'idée.

Pourtant Emma restait confiante. Elle gardait espoir. Si David était toujours là, c'est que tout n'était pas perdu. Malgré sa colère, il l'aimait. Il ne pouvait pas faire disparaître, en si peu de temps, les sentiments qu'il éprouvait pour sa femme.

Ces derniers jours furent compliqués pour les deux adultes. Emma avait tenté de lui expliquer à plusieurs reprises ses choix, mais il n'était pas parvenu à l'écouter. Il avait le cœur déchiré. Tout ce qu'elle pouvait lui dire à présent n'atténuerait pas son chagrin.

— David... tu devrais prendre un peu l'air. Rester enfermé n'arrangera rien tu sais.

— Le médecin a dit qu'il fallait que je me repose, enchaîna-t-il en ignorant son regard.

Elle n'insista pas. Elle resta près de lui un moment, à le considérer, parvenant difficilement à dissimuler son mal-être. Son visage était fatigué. Ses heures de sommeil avaient été légèrement décalées ces derniers temps et considérablement réduites. En l'examinant de plus près, on pouvait comparer ses yeux à un cours d'eau : après cette avalanche de pleurs qui avait lieu à chaque coucher du soleil, son visage entier débordait de nostalgie.

Le lendemain, après sa longue journée au boulot, Emma rentra à la maison, complètement épuisée. David n'avait pas bougé. Il était toujours absorbé devant ses films, à grignoter des sucreries à n'en plus finir.

Agacée de le voir dans cet état, elle s'empara de son ordinateur et partit le cacher dans la chambre. A son retour, David la fixa, ne montrant pas le moindre signe d'émotion.

— Tu étais chez lui ? finit-il par demander.

— Je travaillais, David. Je t'ai dit que je ne l'avais pas revu depuis l'autre jour.

— Depuis quand dois-je te faire confiance ?

Un silence s'ajouta à la conversation mais, très vite, l'homme y mit fin :

— J'essaie de penser à autre chose mais j'ai du mal. Tout ce que j'ai appris, c'est vraiment trop... Je ne supporte pas la situation, Emma.

— Mais je t'ai dit que j'allais le quitter !

— Eh bien vois-tu, il est là le problème. Le quitter, tu aurais déjà dû le faire, dès que j'ai su la vérité. Qu'attends-tu ? Tu ne veux pas prendre ce risque si jamais je venais à me séparer de toi également ? Tu as peur de te retrouver seule ?

— David...

— Tu sais quoi ? Tu as bien fait de ne pas l'avoir quitté. Tu vas dorénavant pouvoir le rejoindre. C'est moi qui pars. Tu peux rester ici en attendant, je vais me prendre un appartement.

En un instant la vie d'Emma bascula. Elle ne pouvait pas croire ce qu'il racontait. Se l'imaginer était affreusement douloureux. Pourtant, elle devait bien se résoudre à cette idée. Il était bel et bien sérieux dans ses propos. C'était la première fois depuis des années qu'Emma n'avait pas ressenti un sentiment aussi destructeur.

***

C'est dans les bras de William qu'elle voulait trouver du réconfort. Elle s'empressa de lui expliquer la situation de ces derniers jours, ainsi espérait-elle qu'il comprendrait son silence. Mais, à son grand étonnement, celui-ci ne donna aucun signe de vie.

Accrochée à son téléphone tandis que David faisait le nécessaire pour se trouver un appartement, elle commençait sérieusement à s'inquiéter pour son Will. Elle avait beau le harceler de messages et d'appels, l'homme restait injoignable depuis 3 jours. Aussi avait-elle décidé de se rendre à son domicile pour faire taire les doutes qui pesaient sur elle mais sans succès non plus ; la porte ne bougeait pas lorsqu'elle osait la toucher. Pourtant, sa voiture était bien visible.

David avait été très efficace dans ses recherches. Il lui avait fallu seulement quelques jours pour louer et déménager. Quant à Emma, elle se retrouvait seule au beau milieu de ces souvenirs qui l'entouraient.

Sa solitude la poussa davantage à réécrire à William. Elle ne s'en lassait pas ; les phrases qu'elle formulait l'aidaient à se sentir mieux. Il suffisait de quelques mots bien construits pour qu'un effet positif se révèle.

Peu de temps après ce dernier message, une réponse parvint finalement dans ses mails :

« Emma.

J'ai longuement réfléchi ces derniers jours avant de t'écrire ce qui va suivre. Autant être honnête avec toi : tu m'as blessé avec tes mots. Je pense que tu n'en as pas conscience, que tu ignores l'origine de cette blessure, et c'est pour cette raison que je vais te l'expliquer. J'ai accepté le fait que tu vives deux relations amoureuses parce que je t'aime et que c'est l'une des seules solutions, mais en aucun cas je ne veux subir les problèmes que tu as avec David. C'est peut-être égoïste de ma part mais, après tout, qui ne l'est pas quand il s'agit d'amour ? Te voir complètement effondrée à cause de lui m'est insupportable… Cela signifie que tu es amoureuse de cet homme et, même si je le sais déjà, ça me fait mal que tu sois toujours en train de me le rappeler. Comprends-tu ce que j'essaie de t'expliquer ? Bien sûr que te voir dans cet état ne me rend pas joyeux, même si tu pourrais penser le contraire puisque je pourrais, à mon tour, t'avoir pour moi tout seul… mais ce n'est pas le cas, je déteste te voir dans cet état, car lorsqu'on aime quelqu'un, on ne veut pas le voir malheureux… Emma, je t'aime vraiment. J'aimerais tellement parvenir à vivre quelque chose avec toi, mais tu dois faire des efforts, même si c'est dur. J'en fais beaucoup, moi, tu dois me croire... Ce n'est pas parce que je ne suis pas dans ta situation que la mienne n'est pas compliquée. J'aimerais beaucoup que tu réfléchisses à ce que je viens de t'écrire... puis nous en discuterons autour d'un café lorsque tu seras prête.

A bientôt.

Ton Will. »

Emma relut plusieurs fois le mail de l'homme. Elle se sentait bête de ne pas avoir réalisé plus tôt le mal qu'elle avait pu faire suite à ses différentes actions. Elle passa de longues heures à réfléchir, à se demander comment elle devrait agir à l'avenir pour ne plus faire de mal à William. Certaines réponses venaient à elle mais la plupart ne la satisfaisaient pas vraiment.

***

Emma n'avait pas perdu de temps à le rejoindre après ses dernières réflexions. Ils échangèrent quelques mots futiles avant d'en venir au fait.

— Tu avais raison, Will. Je n'imaginais pas du tout que ce que je faisais avait des conséquences aussi importantes.

L'homme ne répondit rien ; il préféra attendre la suite.

— Je suis consciente qu'il faut que je fasse des efforts. Tu n'as pas à subir tout cela... J'ai juste un peu de mal par rapport à ça, je ne sais pas vraiment comment m'y prendre... Pourrais-tu m'aider ? Me dire ce que je dois

faire et ne pas faire ? Je sais, ça peut te sembler bête…
mais je ne veux vraiment pas te faire de mal, alors je
préfère savoir ce qui te plaît et ce qui ne te plaît pas.

— Emma… Je te demande seulement de faire comme
si j'étais le seul homme de ta vie.

— De toute façon, maintenant… l'interrompit-elle
doucement.

— Voilà justement ce que je ne veux pas que tu fasses.
La façon dont tu viens de t'exprimer montre clairement
que tu es triste qu'il soit parti. Je ne veux pas le
ressentir, tu comprends ?

Elle hésita un instant avant d'articuler les mots
suivants :

— Il va me falloir un peu de temps pour m'y habituer
mais… je pense pouvoir y faire face.

Les deux amoureux, enfin réunis, passèrent la porte de
chez William. Aucun mot ne sortit de leur bouche ;
l'homme se contenta de la serrer fort dans ses bras. Cela
dura un moment avant qu'il ne se détache d'elle. Il lui
demanda plus tard de s'installer à table pour nourrir son
corps qui en ressentait le besoin depuis ces derniers
jours, mais elle refusa. Il la força tout de même à avaler
quelque chose, puis la coucha dans son lit. Il fallait
qu'elle se repose, sa fatigue avait trop pris le dessus
suite à tous ces événements.

Au beau milieu de son sommeil, Emma se mit à
balancer des mots dans tous les sens. Elle n'était pas
consciente de ce qui se passait. William tentait de

comprendre ce qu'elle racontait mais c'était incompréhensible, un vrai charabia. Il lui déposa un gant sur le front dans la minute qui suivit car sa peau le brûlait lorsqu'il s'avançait trop près.

— Will…

— Repose-toi mon amour.

— Colle-toi à moi, s'il te plaît… J'ai besoin de te sentir.

Il lui obéit immédiatement. Puis, après un silence où ils échangèrent des regards furtifs, il lui dit :

— Tu devrais venir plus souvent ici…

— Que veux-tu dire par là ?

— Je ne sais pas… Tu n'aimerais pas me voir un peu plus ? Tous les jours, par exemple ?

Emma ne savait quoi répondre. Elle ne s'attendait pas à une telle proposition.

— Will… Je… Tu sais, j'ai toujours ma maison. David a pris un appartement.

— Je le sais tout ça… mais tu ne dois pas rester seule, Emma.

— Et ta liberté alors ? Pourquoi voudrais-tu me voir tous les jours alors que jusqu'à présent tu faisais en sorte de m'éviter à certains moments… Je ne te manquerais plus du tout si je venais vivre chez toi. Et moi, je veux te manquer.

— Essayons au moins quelques jours. On verra bien ce qui se passe… Et puis j'ai besoin de changement. Je ressens l'envie de me poser…

— Et d'avoir des enfants ? lança-t-elle précipitamment.

— Je n'en suis pas encore à ce stade-là…

— Je rigolais... C'est déjà un gros changement le fait que tu veuilles te poser.

Elle l'aimait son William, elle en était sûre. C'est pour cette raison qu'elle avait un peu peur de s'engager davantage. Elle ne voulait pas tout détruire. Elle ne s'en remettrait pas si elle le perdait lui aussi.

— C'est d'accord... mais c'est juste un essai, hein...

Un sourire se glissa au même moment sur le visage de son amoureux, malgré toutes les difficultés qui allaient probablement les poursuivre. Il semblait heureux à l'idée de se rapprocher d'Emma. Elle serait un peu plus à lui, et seulement à lui.

Dans la journée qui suivit, Emma s'empara de son téléphone tandis que William était à son magasin. Elle aussi était au bureau, dans son cabinet médical, mais il lui arrivait parfois de se détendre lorsque les patients n'avaient pas encore franchi la porte.

Ses doigts se déplaçaient assez rapidement sur le clavier du téléphone. Elle écrivait, effaçait, puis recommençait. Cela dura un moment avant qu'elle ne se décide à envoyer le message à David. Elle lui demandait simplement de ses nouvelles, mais il lui avait fallu du temps pour rédiger ces quelques mots.

Elle fut dans l'attente toute la journée. Les heures avaient beau défiler, son téléphone ne bougeait pas. Pourtant David avait l'habitude de garder son appareil toujours près de lui.

Un peu plus tard, elle piocha un cachet dans le tiroir de son bureau qu'elle avala sans perdre de temps.

Chapitre 2 :

Au cours des jours qui suivirent, William attacha beaucoup d'importance à s'occuper de la femme qui vivait à présent sous son toit. Elle avait finalement accepté de rester plus longtemps lorsqu'elle s'était rendu compte que la cohabitation fonctionnait plutôt bien, malgré quelques appréhensions auparavant. Elle s'y sentait bien et en sécurité. Son Will lui semblait différent de ces derniers mois ; il était présent pour elle, et ce, à n'importe quel moment de la journée ou de la nuit. Parfois, l'homme prenait plaisir à lui préparer son plat préféré : un couscous marocain. Cela leur changeait des restaurants qu'ils fréquentaient régulièrement. Il lui arrivait même de l'emmener se promener dans différents endroits qu'il avait découverts ces dernières années lorsqu'il avait voyagé à travers les villes du pays.

Toute l'attention qu'il portait à Emma rendait la femme plus souriante que jamais. Il lui arrivait de se répéter que l'absence de David n'était pas, au final, une si mauvaise chose car elle pouvait maintenant profiter de son Will ; les moments qu'elle avait passés aux côtés de son mari resteraient tout de même de bons souvenirs. Mais, malgré ces réflexions, elle continuait à penser à lui assez souvent. Le manque qui s'était installé en elle n'allait pas s'échapper en un claquement de doigts.

Il arriva un jour où, justement, Emma tomba nez à nez avec David. C'était la première fois qu'elle retrouvait ce visage qu'elle avait tant chéri depuis que l'homme avait fui la maison. Elle tenta de garder son calme mais la situation semblait l'effrayer. Son corps tremblait légèrement et ses plaques habituelles se déposèrent de nouveau au-dessus de sa poitrine.

— J'espère que tu vas bien, lança l'homme en sa direction.

Sans doute avait-il posé la question pour être poli, pensait Emma. S'il se souciait vraiment d'elle, il aurait certainement répondu à son message.

— Et toi ?

Il bascula sa tête de haut en bas pour acquiescer.

Il allait s'éloigner lorsqu'elle la femme enchaîna à toute vitesse :

— Pourrais-je savoir pourquoi tu as ignoré mon message ?

— Je t'avais donné ma confiance, Emma.

Elle ne sut quoi répondre. Les mots qu'il avait formulés provoquèrent en elle une légère colère qu'elle parvint vite à faire disparaître.

— Tout va bien à la maison ? poursuivit l'homme pour détendre l'atmosphère.

— Je n'y suis plus beaucoup…

La façon dont elle venait de s'exprimer révéla à David la suite de sa réponse. Il se contenta d'un simple sourire rempli d'ironie, puis l'abandonna dans la rue.

Dans l'après-midi, William et Emma se rendirent au zoo. Il adorait observer les animaux. Il s'y intéressait de très près depuis qu'il avait fait la rencontre d'un certain tigre.

— Et tu vois, eux, il ne faut surtout pas s'agiter devant... Ils risqueraient d'avoir peur et de te dévorer... expliqua William tout en secouant gentiment la femme.

Elle n'avait pas l'air très intéressée par ce qu'il lui racontait ; sa rencontre avec David l'avait perturbée.

— Tu t'ennuies ? Je pensais que ça allait te plaire...

— Non, Will. Merci pour cet après-midi. C'est juste que j'ai un peu mal à la tête...

— Tu veux qu'on rentre ?

Emma avait raccourci leur balade au zoo. Ils avaient très vite rebroussé chemin et, à leur retour, la femme s'était précipitée jusqu'à la salle de bain.

Tandis qu'elle profitait pleinement de l'eau chaude qui lui glissait sur le corps, William s'empara du téléphone d'Emma pour le faire taire. Mais, un peu trop curieux, il ne put s'empêcher de lancer un léger coup d'œil sur l'écran, et son visage changea soudainement d'expression. « Désolé pour tout à l'heure. » y avait-il d'inscrit, de la part de David.

Au moment d'aller se jeter dans les draps, Emma rejoignit William devant la fenêtre de la chambre. Elle était habillée d'une nuisette sensuelle qui lui donnait un air de séductrice.

Doucement, elle s'approcha de son Will et le considéra avec beaucoup de plaisir. Elle étudia la peau parfaite de son corps, ainsi que ses yeux qui reflétaient tellement d'amour.

— Que fais-tu ? demanda l'homme, tentant de résister.

La réponse qu'elle lui fournit fut davantage dans les gestes que dans la parole. Elle effleura délicatement sa peau contre la sienne, avec toujours son regard fixé sur l'homme. Lui non plus ne détachait pas ses yeux des siens. Il semblait ne pas savoir quoi faire.

— Emma…

— Chut, s'empressa-t-elle d'ajouter. Laisse-toi faire…

Elle se rapprocha un peu plus de lui. Sa bouche se mit à explorer son cou tandis que ses mains se baladaient tout le long de son corps.

— Stop. Je suis vraiment fatigué… lâcha-t-il en la repoussant légèrement.

Emma fut vexée par sa réaction. Pourquoi réagissait-il ainsi ? Elle passa les heures suivantes à ressasser les derniers événements dans sa tête pour tenter de trouver une explication.

Le lendemain, lors du déjeuner, William décida de rouvrir la bouche :

— Dis-moi, tu as eu des nouvelles de ton mari depuis que tu es partie de chez toi ?

Elle ne s'attendait vraiment pas à ce qu'il lui pose cette question. Elle évita son regard tout en tentant de garder son calme, puis répliqua aussitôt :

— Non.

Lui qui connaissait la vérité la laissa se noyer dans son mensonge et abandonna la discussion.

Chapitre 3 :

Les jours s'enchaînèrent lentement. Emma avait remarqué un certain éloignement de William, depuis la nuit où il l'avait repoussée. Il passait à présent ses journées à consulter son téléphone et à échanger avec d'autres femmes. Emma l'avait remarqué assez vite ; il faut dire qu'il ne s'en cachait pas vraiment. Elle s'osait pas lui faire une remarque, elle angoissait à l'idée d'une nouvelle dispute, qui finirait sans doute par les éloigner davantage. Alors, elle le laissa faire malgré une certaine jalousie, et essaya de se concentrer sur son travail pour éviter d'y penser.

Quand ce n'était pas l'un, c'était l'autre. David continuait à la hanter, elle pensait à lui tout le temps, surtout depuis que William n'était plus aussi proche. Ses journées lui semblaient durer une éternité. Elle avait l'habitude d'avaler des cachets pour se sentir mieux mais leur effet n'avait rien de positif.

Cette situation perdura encore quelque temps, jusqu'à ce qu'elle décide d'y mettre fin. Cette distance qui s'était créée entre elle et Will, elle ne le supportait plus. Il fallait qu'elle disparaisse, que tout revienne à la normale. De cette façon, David disparaîtrait de ses pensées.

Lorsqu'elle se sentit prête, Emma se rapprocha de William avec un regard qui signifiait « prends-moi dans tes bras ». A ce moment-là, l'homme laissa de côté sa jalousie envers David et se colla contre elle pour la réconforter. Il ne comptait pas oublier ce pour quoi il agissait ainsi ces derniers temps, mais il sentait qu'elle avait besoin de lui et qu'il ne fallait pas la laisser dans cet état. Il se disait qu'elle comprendrait bien un jour le pourquoi de ses actions.

Durant les jours qui suivirent, William continuait à éviter Emma. Il voulait la faire réagir, qu'elle vienne à lui, qu'elle lui demande des explications. Il ignorait la raison de son silence. Pourquoi ne faisait-elle aucun effort pour régler leur problème ? Etait-elle encore amoureuse ? Pourquoi gardait-elle encore contact avec son mari ? Il se posait des tas de questions. Quant à elle, l'éloignement qu'elle subissait la poussait davantage à penser à David. Elle se surprit même à lui écrire :
« Bonjour toi,
J'aimerais beaucoup que tu saches ce que je ressens, mais je vais me contenter de t'écrire, puis je brûlerai cette lettre. Pourquoi se battre pour ce qui nous est inaccessible ? Je préfère me résoudre à l'idée que nous deux c'est du passé. Ça fait moins mal. Ça tue l'espoir. Et, il vaut mieux que cet espoir disparaisse. Alors je t'écris, n'espérant rien d'autre que de belles images dans ma tête. Ce n'est pas destructeur au moins, de belles images ? Rassure-moi...
J'ai souvent pensé à toi tu sais, ces derniers temps. Je me demandais comment tu vivais notre séparation, si tu parvenais à vivre sereinement, et puis... il y a trop de choses à dire.
Ça te dirait de venir boire un café avec moi ? J'ai dit café mais tu peux très bien prendre du thé aussi, ou

bien... ce que tu veux en fait. Ça n'a pas d'importance. Non tu ne veux pas ? Ça ne fait rien... J'aurais dû m'attendre à cette réponse.

J'ai envie de me rappeler de toi, de nous... C'est mal, n'est-ce pas ? Tu me dis d'arrêter ? Pourquoi ? Serais-tu donc en train de craquer ? Oui, j'ai compris, je me tais...

Il faut que j'aille dormir. A mon réveil une journée pénible commencera, comme toutes les précédentes depuis que tu es parti. Je te jure, c'est fatigant à force, de devoir se lever, avec l'unique envie de se recoucher. J'aime beaucoup la nuit. Je peux penser à ce que je veux, et ça me fait du bien. La journée il faut courir partout, ce n'est pas facile tous les jours tu sais.

Bon... Je dois te laisser... Je t'avoue que j'ai du mal. Pendant un court instant j'ai senti que nos deux âmes s'étaient rapprochées... Serais-je devenue folle ? Je pense plutôt que c'est le manque qui parle.

Pense à moi, mon amour, ne serait-ce que 86 400 secondes dans la journée...

A très vite,

Ton bébé. »

Et, malgré tous les efforts pour l'éviter, cette image qui tourmentait son esprit resterait intacte. David continuerait à la hanter, dieu sait combien de temps encore.

Il n'y eut aucune évolution les jours suivants : William restait toujours aussi distant auprès d'Emma même s'il lui arrivait parfois de se tenir près d'elle et de la regarder avec un regard amoureux. Quant à elle, la souffrance qu'elle subissait — mais qu'elle ne montrait pas —, l'encourageait à se détacher elle aussi. Pourquoi faudrait-il que ce soit à elle de le rejoindre alors qu'elle ne se sentait coupable de rien ? Leurs deux caractères réunis n'étaient pas une bonne chose. Il n'y en avait pas un pour rattraper l'autre.

— Je vais aller faire un tour à la maison... lança doucement Emma lorsqu'elle passa à côté de William.

L'homme ne bougea pas la tête ; il se contenta de murmurer un simple « d'accord », les yeux plongés sur l'écran de la télévision.

Là-bas, tous les souvenirs d'Emma rejaillirent de nouveau. A chaque regard qu'elle posait dans un coin de la maison, l'image de David apparaissait dans son esprit.

Après avoir jeté un rapide coup d'œil, elle se posa sur son lit en compagnie de son ordinateur qu'elle avait kidnappé. Une page blanche prenait place sur l'écran ; celle-ci resta intacte pendant un long moment. Emma n'avait aucune inspiration pour la remplir.

Lassée d'être dans cet état, elle s'éloigna de l'appareil et s'empara d'un nouveau cachet. L'ennui dont elle était victime pesait énormément sur son moral.

***

— Emma... Je pensais ne plus jamais vous revoir ! s'exclama le psychologue.

— Je l'espérais, vous savez...

— Alors, dites-moi tout, qu'est-ce qui ne va pas maintenant ? Vous m'aviez pourtant dit que votre rupture avec votre mari vous avez permis de vivre plein de choses avec William… Cela avait l'air de vous aller, non ?

— Au début je me sentais bien parce que j'avais retrouvé William. Je pouvais le voir quand je le voulais et… enfin, vous savez déjà tout à propos de ça… Maintenant, il m'ignore, du coup je pense encore plus à David et ça m'empêche de vivre ma vie correctement. J'ai l'impression que chacun de leur rôle a été inversé avec l'autre. Et puis, je ne sais même pas pourquoi Will m'évite comme il le fait… D'ailleurs, j'ai croisé David l'autre jour ! Mais c'était juste un simple « bonjour »…

— Et comment décririez-vous ce que vous ressentez à ce moment précis ? reprit monsieur Romero, ses notes en mains.

— Eh bien… je sais que cela a de l'effet sur mon corps. Je me sens mal psychologiquement et physiquement. Je ne sais pas trop comment vous l'expliquer plus clairement…

— Avez-vous tenté quelque chose pour éviter ces effets ?

— Je n'ai pas trop d'idées. Je me suis plongée au travail mais, vous savez, ce n'est pas comme si j'étais passionnée par celui-ci… J'ai essayé d'écrire aussi. Ça m'avait beaucoup plus la dernière fois alors je me suis dit que ça pourrait m'aider à ne plus penser à mes problèmes, mais je me rends compte que c'est tout le contraire !

— Trouvez-vous une autre occupation alors, lança l'homme. Il en existe des milliers. Il suffit de vous ouvrir un peu au monde… Vous n'avez pas des passions ?

— Je vous avoue que je n'en sais rien… Peut-être… pour l'instant mes seules passions sont ces deux hommes.

— Arrêtez donc de vivre en fonction d'eux… Vous verrez, vos problèmes diminueront fortement.

— J'essayerai d'y penser… En attendant, je ne donnerai pas de nouvelle à Will ! Il s'en fiche de toute façon.

— Ah oui, j'allais oublier cet élément. Vous n'avez vraiment pas d'idée sur la raison qui le pousse à vous éviter ?

— Aucune. La seule raison serait de m'avoir vue avec David l'autre jour, dans la rue… mais impossible. Et puis d'abord, je ne vois pas ce qu'il pourrait me reprocher par rapport à ça… Je ne me suis pas jetée dans les bras de mon mari…

Chapitre 4 :

N'ayant toujours aucune nouvelle de William, Emma décida de rester chez elle pour la nuit. Elle sentit rapidement la fatigue la submerger. Vers 23 heures, son corps reposait déjà sur ses draps, toujours les vêtements collés à elle, les yeux à moitié ouverts. Quelques douces pensées se bousculaient dans son esprit tandis que le calme qui régnait dans la maison l'apaisait étrangement.

Un bruit strident la fit soudainement sursauter. Elle bondit hors du lit en une demi-seconde à peine et se cacha derrière la porte, terrifiée à l'idée de se retrouver face à face avec un cambrioleur.

— David ! s'exclama-t-elle en le voyant débarquer dans le salon. Mais qu'est-ce que tu fais là ?! J'ai failli mourir à cause de toi !

— Je viens récupérer quelques vêtements... Et toi, que faisais-tu cachée derrière cette porte ?

— J'ai eu peur ! Et pourquoi viens-tu si tard ?

L'homme la rejoignit dans la chambre et ouvrit l'armoire.

— Je ne parvenais pas à dormir... Il fallait que je bouge. Et puis, comme tu n'es pas souvent à la maison...

Elle laissa quelques secondes s'écouler avant de reprendre la parole. Elle ne pouvait détacher ses yeux de David. Il se trouvait là, à seulement quelques centimètres d'elle, dans leur chambre, en pleine nuit. Jamais elle n'aurait imaginé une scène pareille.

— Ça va mieux ton dos ?

— Oui. Le médecin est confiant.

Puis, après un nouveau silence, la femme ajouta avec une voix et un regard remplis de nostalgie :

— Tu te souviens de ce haut ? Je te l'avais offert pour ton anniversaire...

L'homme acquiesça, laissant échapper un léger sourire qu'il tenta de dissimuler.

— Bon, eh bien...

Sa valise prête, il n'avait plus aucune raison de rester. Il sortit lentement de la chambre, tout en évitant le regard de sa femme. Plus il s'échappait et plus le cœur d'Emma en souffrait.

— Attends. Ne pars pas si vite. Je t'offre un verre, en signe du bon vieux temps. Ça te dit ?

L'espace d'un instant Emma sentit l'homme en pleine réflexion, mais il ne mit pas longtemps avant de la rejoindre sur le canapé.

Ils enchaînèrent les verres et l'alcool fit son effet assez rapidement. Des rires se manifestèrent, ce qui semblait étrange et incroyable pour les deux adultes, eux qui n'étaient même pas parvenus à avoir une vraie discussion ces derniers temps. Parfois, la tête d'Emma venait se poser sur l'épaule de l'homme. Et, malgré la présence de l'alcool, les deux étaient bien conscients de ce qui se passait. Pendant un moment ils se remémorèrent de vieux souvenirs : comment ils s'étaient rencontrés, le jour où David avait fait sa demande en mariage, leur week-end quand ils s'étaient perdus au beau milieu de nulle part, et bien d'autres encore. Des sourires habillaient leur visage. Ils étaient beaux, tous les deux, l'un à côté de l'autre, en train de se regarder à tour de rôle, comme deux enfants timides mais qui se plaisaient.

Elle tenta de rapprocher doucement ses lèvres de celles de David ; elle ne voulait pas trop précipiter l'action, de peur qu'il réagisse mal.

— Emma...

— Oui ? répondit la femme, avec un sourire enjôleur.

— Il ne faut pas...

— Mais David... tu me manques.

Un vide s'installa. La femme n'osait plus rouvrir la bouche. Lui, après un court instant, colla son front contre le sien et les deux restèrent dans cette position pendant plusieurs minutes.

**

Le lendemain, William se tenait debout, devant la fenêtre de sa chambre. Son regard semblait perdu dans un autre monde. Il tournait sur lui-même, le téléphone en main. C'était un visage plein d'hésitation qu'il donnait à voir.

**

Les vibrations de son téléphone obligèrent Emma à ouvrir les yeux. Elle fut surprise de voir David qui dormait encore profondément sur le canapé. Elle s'était endormie, la tête sur le corps de l'homme. Un sourire avait glissé inévitablement sur ses lèvres lorsqu'elle s'en était aperçue.

« Tu me manques. Reviens vite. » était-il écrit sur son téléphone lorsqu'elle lut le message envoyé par William.

Au même moment David se mit à ouvrir les yeux et la femme s'empressa alors d'éloigner l'appareil. Les deux adultes eurent du mal à enclencher la conversation ; les souvenirs de la nuit refirent surface dans leur esprit à ce moment-là, ce qui les poussa à garder le silence un instant.

— Je vais aller préparer le café, dit-elle en se levant.

— Qu'est-ce que j'ai mal à la tête...

Leur regard se posa directement sur la table basse où plusieurs bouteilles d'alcool campaient.

— On a bu tout ça ? demanda l'homme, assez surpris.

— A moins que des gens se soient invités, oui...

— Je vais être en retard ! lança David en jetant un coup d'œil à sa montre.

***

William s'était absenté de chez lui pour faire un peu de sport. Il venait à l'instant de faire le tour du quartier. Il ne pouvait s'empêcher de consulter son téléphone à chaque fois qu'il le sentait vibrer. En réalité, il s'agissait seulement du frottement de l'appareil contre son corps lorsqu'il était en plein effort physique. Son regard révélait sa tristesse face à l'indifférence d'Emma, mais il comprenait bien sa réaction, suite au comportement qu'il avait eu ces derniers temps.

***

David, dès son départ de la maison, s'était précipité jusqu'au magasin.

— Seulement vingt minutes de retard, je ne te félicite pas, lança Lou en sa direction. T'as encore passé ta nuit à regarder tes films…

Le regard qu'elle lui jeta poussa David à s'expliquer sur les raisons de son retard.

— Si on veut. J'ai plutôt croisé des anciens amis et on a été boire un coup dehors… dit celui-ci, d'une voix encore essoufflée.

Elle se mit à toucher la chevelure de l'homme avant de s'exclamer :

— Et puis tu n'es même pas coiffé !

— Merci Lou.

— Je te taquine, voyons. Va donc te préparer, je te rappelle que c'est toi qui gères le deuxième groupe ce matin.

***

William était sous la douche lorsqu'Emma fit son retour chez l'homme. Au moment où il entendit la porte grincer, il se précipita jusqu'à l'entrée et un sourire se dessina immédiatement sur ses lèvres.

— Où étais-tu ? Tu es restée chez toi ?

— Je t'ai manqué à ce point ? répondit la femme en le provoquant légèrement.

Il se sentit vexé et ne rouvrit pas la bouche. Il commençait à repartir jusqu'à la salle de bain lorsqu'elle l'arrêta.

— Attends.

Puis le silence s'immisça avant qu'elle ne reprenne :

— Tu m'as manqué aussi.

— Je me sens bête d'avoir réagi comme je l'ai fait ces derniers temps… chuchota-t-il à son oreille. J'étais juste… jaloux, oui, jaloux de ton mari… Je suis tombé sur ton téléphone par hasard, et…

Elle n'attendit pas une seconde de plus pour venir plaquer ses lèvres contre les siennes. Aussi, pour s'amuser un peu et oublier les derniers événements, elle fit disparaître la serviette qui l'entourait.

— T'es encore un peu sale, là. Je crois bien que tu devrais retourner sous la douche. Et puis… ça tombe bien, j'ai besoin d'y aller, moi aussi, lança-t-elle d'un regard qui plaisait follement à son Will.

Quand l'eau se mélangea à leurs deux corps nus, l'homme lui demanda en souriant :

— Que s'est-il passé pour que tu sois dans cet état ?

— Je n'ai pas le droit d'être heureuse ? répondit celle-ci tout naturellement, avec son sourire qui ne la quittait plus.

— Si, bien sûr que si, tant que tu es près de moi…

Mais il suffit d'une seule parole pour le lui enlever ; son sourire disparut en un instant. Elle se doutait bien que sa bonne humeur n'était pas apparue simplement grâce à lui, David y était aussi pour quelque chose. Elle préféra ne plus y penser et se mit à l'éclabousser légèrement avant de l'embrasser avec gourmandise.

— Je ferai tout ce que tu veux aujourd'hui. Je vais prendre un jour de congé, dit-il.

— Pourquoi ferais-tu cela ?

— Dois-je forcément avoir une raison pour te faire plaisir ?

Elle le fixa amoureusement avant qu'il ne répète d'une voix sensuelle :

— Tout ce que tu veux.

***

David avait un visage endormi. Il peinait véritablement à encadrer son groupe de jeunes qui ne lui laissait même pas une minute pour souffler.

— Pose-toi deux secondes, lui dit sa collègue en lui proposant un verre d'eau fraîche. Ils ne vont pas s'enfuir.

— Merci Lou.

— Tu tiens le coup ?

— Si tu savais comme j'aimerais retrouver mon lit ! Il me manque terriblement...

— Plus que quelques longues heures... lâcha-t-elle en se moquant gentiment.

— Merci de ton soutien !

— Je te taquine, courage, dit-elle après avoir posé sa main sur son épaule.

***

— Que c'est bon d'avoir tout ce que l'on veut… murmura Emma, plus détendue que jamais.

William était positionné sur la femme, ses mains lui caressant la peau avec douceur.

— Ça va ? Je n'appuie pas trop fort ?

— Tu es parfait… Tes massages sont mes préférés, Will. Mais, tu n'as pas faim, toi ?

L'homme sourit à la suite de ces mots. Il aimait la façon dont elle s'y prenait pour faire comprendre les choses. Sans attendre plus longtemps, il s'échappa de la chambre pour aller lui chercher un rafraîchissement.

— Les barres chocolatées seraient parfaites ! s'écria-t-elle avant qu'il ne s'éloigne trop.

— Tout ce que tu veux.

— Attends ! Euh… si tu veux vraiment me faire plaisir, il faudrait que tu ailles acheter de la chantilly.

Il se stoppa net.

— Pour quoi faire ?

— J'ai faim de chantilly en fait, c'est tout…

Une grimace commençait à se dessiner sur le visage de l'homme.

— C'est à deux minutes, n'exagère pas…

Et puisqu'il lui avait promis de faire tout ce qu'elle souhaitait, il cessa aussitôt de ronchonner et exécuta ses ordres.

Alors qu'il était encore absent, Emma s'empara de son téléphone et fut prise d'hésitation. Elle le serrait fort dans sa main, puis le reposait. Cela dura un moment avant qu'elle ne se décide à taper un message. « On peut se voir ? » envoya-t-elle à David. Dans les secondes qui suivirent ses yeux restèrent fixés sur son écran. Elle dut attendre encore quelques minutes avant qu'une réponse ne lui apparaisse. « Demain je viendrai te chercher à la sortie de ton boulot. » Un regard émerveillé se lisait à présent sur son visage.

— Tu es toujours là ?

Paniquée d'entendre la voix de Will, Emma s'empressa de supprimer les derniers messages et balança le téléphone au fond de la pièce.

— Amène le nutella aussi !

Il la rejoignit assez rapidement avec un plateau entre les mains. Et, sans attendre, la femme fit disparaître le reste des tissus qui l'habillaient.

— Que fais-tu ?

Aucun son ne sortit de sa bouche ; elle préférait poursuivre son action tout en le dévorant du regard. Elle s'empara l'instant d'après de la chantilly et la fit couler lentement sur son corps d'une façon très sensuelle qui ne manquait pas de faire de l'effet à son Will.

— Et là, tu n'as toujours pas faim ?

***

Le lendemain, comme prévu, David attendait sa femme devant son travail. A sa sortie, elle le rejoignit immédiatement dans la voiture et leurs deux joues se frottèrent l'une contre l'autre.

— Où est ta voiture ? demanda l'homme.

— Je suis venue en bus, aujourd'hui.

Ils échangèrent quelques phrases mais rien de très intéressant ; Emma peinait véritablement à articuler un mot. Elle se sentait mal à l'aise, elle était effrayée à l'idée de dire une bêtise. De ce fait, le silence prenait davantage de place.

— Ça te dit qu'on aille à l'étang ? Ce sont de beaux souvenirs, là-bas.

Il acquiesça d'un signe de la tête avant de redémarrer la voiture.

***

William venait à l'instant de terminer sa journée. Une fois sorti du magasin de jouets, il parcourut le centre commercial avec une idée bien précise en tête. Ses yeux furent immédiatement attirés par les joyaux de la boutique de monsieur Beller, lorsqu'il parvint jusqu'à elle.

***

David et Emma avaient le corps endormi sur l'herbe. Le peu de soleil qui les réchauffait parvenait à leur rendre la vue difficile. Cet endroit qui leur rappelait tant de souvenirs semblait plutôt calme, aujourd'hui. Quelques couples se tenaient par la main avec des regards complices, d'autres se régalaient autour d'un repas improvisé.

— Tu te souviens quand le chien t'avait poursuivi pour te choper la viande ? lança Emma, prise d'un grand fou rire.

— Tu as fini de te moquer ? Je ne faisais pas mon malin, ce jour-ci. Ils auraient mieux fait de le laisser attaché leur clébard...

Il avait suffi d'un seul souvenir pour que d'autres suivent à la pelle, et plusieurs heures de rire s'écoulèrent alors.

***

Allongé sur le canapé, William avaient ses yeux qui fixaient la télévision. Un bout de papier se trouvait dans ses mains. Il le serrait assez fort, comme s'il voulait le détruire. Il lui arrivait parfois de le relire en fusillant les mots du regard. « Je vais récupérer quelques affaires à la maison et reviens ce soir assez tard. Bisous. Emma. » Elle lui manquait déjà. Il attendait une seule chose : son retour.

***

La nuit commençait à tomber et la fraîcheur qui débarquait se faisait ressentir sur la peau de la femme. Elle frissonnait à chaque fois qu'un léger vent la frôlait de trop près. S'en apercevant, David se rapprocha un peu plus de son corps pour la réchauffer. Sa présence faisait beaucoup de bien à Emma.

— J'aimerais que ce moment ne se termine jamais, lui confia-t-elle doucement.

Puis le silence s'immisça tandis que leurs deux regards se suivirent discrètement.

— David, fit-elle, au même moment où le garçon l'appela par son prénom.

De légers sourires vinrent se déposer immédiatement sur leur bouche.

— Tu as de l'herbe sur le visage... poursuivit-elle.

Elle la lui retira doucement avec de douces caresses en complément et, sans s'y attendre, David projeta ses lèvres contre celles de la femme. Il l'embrassa fougueusement, puis fit disparaître les quelques vêtements qui lui cachaient son corps.

***

William ne se lassait pas de fixer l'écran de son téléphone. L'horloge affichait déjà 23 heures 30 et toujours aucune nouvelle d'Emma. Il s'impatientait. Parfois il lui arrivait de lui écrire, mais il effaçait ensuite le message.

Il rejoignit son lit sans tarder pour éviter de penser à son retour.

***

Le lendemain, à 6 heures du matin, David ouvrit les yeux le premier. Les deux adultes avaient passé la nuit au bord de l'eau. Ils s'étaient endormis l'un contre l'autre, la chaleur de leurs deux corps réunis les ayant protégés du froid.

— Emma, Emma… murmura-t-il à l'oreille de la femme. Réveille-toi, il est tôt… Je vais te ramener à la maison. Tu te reposeras un peu avant de reprendre le boulot.

Le trajet en voiture fut plutôt calme. Ils semblaient encore un peu fatigués de leur nuit passée au clair de lune. Emma fixait l'horizon, sans se soucier de ce qui s'était passé ces dernières heures.

— Merci… pour tout, lança-t-elle en s'échappant du véhicule.

Elle déposa son corps sur le lit et souffla. Soudain, une pensée lui vint rapidement à l'esprit : William. Elle aurait dû le rejoindre mais cette idée lui était complètement sortie de la tête. Elle s'empressa alors de remettre ses chaussures, et s'en alla précipitamment.

Une fois là-bas, elle utilisa le double des clés qu'elle avait en sa possession, puis rejoignit discrètement William dans les draps.

— Pourquoi n'arrives-tu que maintenant ? demanda l'homme déjà réveillé, après avoir jeté un œil à son réveil.

Paniquée, celle-ci bafouilla :

— Je... euh... je me suis endormie parce que j'étais très fatiguée par ma journée... et dès que j'ai ouvert les yeux ce matin j'ai préféré te rejoindre, tu me manquais...

Il parut interloqué durant quelques secondes, puis lança :

— J'espère que tu n'en as pas ramené beaucoup.

— Mais de quoi parles-tu ?

— Eh bien de tes vêtements.

— Zut ! Je les avais oubliés, eux ! s'exclama-t-elle, complètement paniquée de nouveau.

Chapitre 5 :

— Faites attention Emma, lâcha le psychologue une fois l'histoire de la femme achevée.

— Vous m'aviez bien dit de vivre comme moi je le voulais... Pourquoi, aujourd'hui, me dire de faire attention ?

— Vous avez raison mais je m'inquiète... Vous vous êtes mise dans une situation compliquée vous savez. J'ai conscience que vos choix ne sont pas faciles. J'espère seulement que vous ne souffrirez pas.

Emma laissa le silence remplacer ses mots et se mit à réfléchir au problème. Elle se demandait en quoi le double jeu qu'elle menait pourrait la faire souffrir. David était encore amoureux d'elle, et William aussi. Tout était de nouveau comme avant, cependant les rôles avaient été inversés : son mari était devenu son amant, et son amant avait pris la place de son mari.

***

Les jours qui suivirent se ressemblèrent assez. William faisaient de nombreux efforts dans sa vie de couple, malgré une jalousie qui ne voulait pas s'effacer. Il avait beau passer toutes ses nuits avec Emma, il ne parvenait pas à avoir une totale confiance en elle. Le sentiment de perte le hantait. Avant, quand il passait du temps avec elle, c'était seulement quelques heures. Elle ne lui appartenait pas, il ne pouvait donc pas la perdre. A présent tout était différent : cela pouvait arriver, à n'importe quel moment.

Emma, elle, supportait plutôt bien la situation. Elle continuait à voir secrètement David. Les deux passaient beaucoup de temps à se balader. Il y avait des regards échangés, une complicité plus forte que jamais. Parfois il leur arrivait de faire l'amour, mais pas toujours. Se rappeler, voilà ce qui était essentiel pour eux.

Emma avait conscience de sa gourmandise. Elle pouvait, quand elle le voulait, goûter à l'un de ces deux hommes, et elle adorait ce pouvoir qui lui était donné.

***

Un jour, alors qu'il faisait vraiment très chaud à l'extérieur, Emma et William décidèrent de s'échapper jusqu'au centre-ville.

Là-bas, les animations étaient nombreuses. Des gamins couraient les rues, s'amusant avec des pistolets à eau. Il y avait foule devant le centre commercial. Des jeunes, plus particulièrement. Des jeunes qui étaient regroupés selon leur cercle d'amis auquel ils appartenaient.

Souhaitant se rafraîchir, les deux adultes se dirigèrent près d'une terrasse. Mais, en cherchant une table, Emma aperçut David en compagnie d'une autre femme et de son bébé ; cette même femme, Lou, qui l'avait ramené chez lui lorsqu'il avait eu son accident. Emma se souvenait bien de son visage à celle-ci, elle lui avait paru sympathique au premier abord. Son avis avait changé à l'instant où elle avait vu ses lèvres venir s'installer sur celles de son mari.

David avait croisé son regard au même moment. Un certain malaise venait alors de se créer. Après cela, chacun d'eux ignora l'autre pour le reste de l'après-midi.

Chapitre 6 :

Le lendemain, Emma ne parvenait toujours pas à se faire à l'idée de ce qu'elle avait vu. Pour éclaircir la situation, elle donna rendez-vous à David un peu plus tard dans la matinée.

— Pourquoi avais-tu ce comportement-là avec moi ces derniers temps alors que tu vois cette femme ?! aboya-t-elle sur l'homme dès son arrivée au parc. Elle a un gosse en plus ! Tu croyais que je ne m'en rendrais jamais compte ou quoi ?

David garda le silence. Il préférait la laisser déballer son sac avant de lui fournir les explications qu'elle souhaitait.

— Je crois que tu n'as rien à dire à propos de tout cela Emma, si tu vois ce que je veux dire… finit-il par répondre à la suite des questions posées.

Ce qu'il lui avait dit l'avait calmée illico presto.

— Je suis désolé si ce que tu as vu t'a blessée… reprit-il doucement. Si j'étais comme ça avec toi ces derniers temps c'est parce que je le voulais. Ça me faisait du bien… Mais, vois-tu, je suis bien conscient qu'entre nous c'est terminé. Malgré mon attachement, je n'arriverai jamais à accepter ce que tu as pu faire. Quelque chose s'est cassé.

— Tu dis ça mais c'est exactement ce que tu es en train de faire à cette femme.

— Je le sais, Emma. Ces derniers temps je suis conscient d'avoir fait un peu n'importe quoi… Pas avec elle, mais avec toi. Tu m'avais rendu fou tu sais. Je n'étais plus moi-même. Si elle apprenait ce que j'ai fait avec toi ces dernières semaines, elle me quitterait probablement et je l'aurais mérité. En attendant, je vais faire comme si entre nous ça n'avait pas existé. J'ai déconné mais je vais vite me rattraper.

— Tu n'as pas le droit ! s'écria la femme. Tu m'en veux pour quelque chose que tu fais toi aussi ! Tu t'en rends compte ou pas ?!

— Je t'ai dit que oui, j'en ai conscience… Je te pardonne pour ce que tu as fait, Emma. Le problème n'est pas là. Je ne veux plus vivre avec toi, tout simplement. Il y a quelque chose en toi qui me dégoûte… Désolé pour le mot que j'emploie… Je n'aurais jamais dû tomber sur ton ordinateur… Si je n'avais rien su, je pense que rien n'aurait changé.

— Alors tu me pardonnes… mais je te dégoûte quand même… fit Emma tout en essayant de comprendre.

— Je ne te fais plus confiance, et même si tu étais capable de tout abandonner pour moi, j'aurais toujours ce doute qui planerait au-dessus de ma tête.

— Je vois. Alors, cette femme, c'est comment déjà son prénom ? C'est ta collègue, non ?

— Oui, Lou.

— Pourquoi elle ?

Alors il commença à lui raconter les derniers mois passés :

— Peu de temps après notre rupture, elle m'avait invité chez elle pour me remonter le moral… Nous avions bien bu et… elle s'était jetée sur moi. Puis nous avions commencé à nous fréquenter, mais en étant discrets autour de nous.

Emma semblait ravie de l'apprendre. Elle avait un regard assassin qui effrayait légèrement David.

— Et puis… il faut que tu saches autre chose… lança-t-il.

— Dis-moi, je ne sais pas ce qui pourrait être pire après tout ce que tu viens de m'avouer.

— Son enfant… il est de moi.

Le visage d'Emma se décomposa en une seconde à peine.

— C'est une blague ?!

— Ce n'était pas prévu… mais il y a quelques mois nous avons pris la décision de le garder.

Ils s'expliquèrent encore un moment avant que David ne lui dise :

— Il faut qu'on arrête, Emma.

— De toute façon je n'aurais pas été prête à continuer…

Plus tard, après avoir quitté David, Emma préféra rester seule un moment. Elle réfléchissait à la situation ; finalement, monsieur Romero avait eu raison de la prévenir. Elle aurait mieux fait d'écouter son conseil. Elle n'arrêtait pas de se demander comment il avait pu agir de la sorte, alors qu'il lui avait lui-même reproché. Serait-ce par vengeance ? Trop de questions s'agitaient dans son esprit. Il avait suffi de quelques mois seulement pour faire disparaître tous ses rêves futurs avec David.

Trop déçue, elle s'empara d'un cachet au fond de son sac et ferma les yeux.

***

Le soir même, William invita la femme au restaurant. Celle-ci refusa dans les premiers instants mais il fut tellement persuasif qu'elle céda peu de temps après.

— Tu es très belle, lui dit-il pendant le repas.

Elle se mit à rougir mais n'ouvrit pas la bouche. Toute la soirée, William la regardait longuement. Elle sentait qu'il voulait lui dire quelque chose mais qu'il n'osait pas.

— Alors, vas-tu te décider à me dire ce qui se passe ? Pourquoi me regardes-tu ainsi ?

— Je…

Il paniqua le temps d'un instant ; ensuite, après avoir respiré doucement, il se leva de sa chaise et se mit à genoux.

— Je n'ai jamais douté de nous, Emma. Depuis notre toute première discussion, j'ai su que c'était toi, celle que j'attendais depuis toujours, celle qui me fait vibrer… Je sais que c'est réciproque, que notre amour est très fort. Voudrais-tu devenir ma femme ?

Emma, d'un coup, laissa les larmes de son cœur s'échapper. Autour, tous avaient les yeux fixés sur leur table. William semblait heureux de la voir réagir ainsi mais, en réalité, Emma était totalement effondrée. Elle se répétait qu'elle n'était qu'une idiote, qu'elle n'avait jamais mérité ces deux hommes.

— Oui, je veux être ta femme, répondit tout de même celle-ci.

Il lui passa alors l'anneau autour du doigt avant de se jeter dans ses bras.

Le lendemain, au réveil, William avait un grand sourire. Les souvenirs de la veille avaient refait immédiatement surface dans son esprit. Le petit-déjeuner était, à sa grande surprise, installé sur la table de nuit. Une enveloppe y était également déposée.

« William. Je dois fuir cette ville… Excuse-moi pour tout… Je t'explique dans les paragraphes qui suivent les raisons de ma décision. J'espère qu'un jour tu parviendras à me pardonner. Surtout, n'essaie pas de me rechercher. Prends soin de toi. […]»

La bague qu'il lui avait offerte reposait au fond de l'enveloppe.

Partie 3

Chapitre 1 :

Cinq ans plus tard...

Emma avait le corps qui traversait la chambre. Une douce musique l'accompagnait. Son parfum qui émanait de sa peau rendait l'atmosphère plus agréable que jamais.

Un homme, posé sur le lit, la contemplait. Il était plutôt grand, assez baraqué avec une peau bronzée. Lui, c'était Loris, le nouveau compagnon d'Emma. Elle l'avait rencontré il y a quelques années, après avoir pris un nouveau départ dans sa vie.

Le regard de la femme le rendait fou. Elle l'aguichait tellement qu'il ne pouvait jamais lui résister bien longtemps.

— As-tu été gentil aujourd'hui ? lui chuchota-t-elle à l'oreille, avec un sourire concupiscent.

L'homme ne prononça aucun mot ; il préféra toucher son visage tendrement, tout en lui lançant un regard amoureux.

Emma faisait en sorte de faire durer l'état dans lequel Loris se trouvait. Elle adorait le voir ainsi ; son excitation à elle augmentait rapidement quand elle le provoquait de cette façon.

Ce fut une nuit douce et pleine de surprises pour les deux amoureux. Ils ne s'en lassaient pas, de ces soirées interminables, qu'ils passaient à s'embrasser.

Au petit matin, les deux adultes s'enfuirent de la maison à une vitesse impressionnante. Il n'en avait pourtant pas l'habitude ; ils adoraient passer du temps à se câliner au fond des draps. Mais, aujourd'hui, ils allaient déjeuner chez un couple d'amis.

Ils s'arrêtèrent sur le chemin pour acheter quelques bouteilles. Emma resta bloquée devant le rayon un moment avant de faire son choix. Puis ils reprirent la route assez rapidement.

— Attends, ne bouge pas, fit Emma en collant son doigt près de la bouche de Loris, une fois arrivés à destination.

— Que fais-tu ?

— Tu avais un peu de chocolat...

— Du chocolat... chuchota l'homme, pensif. Tu aurais pu le faire disparaître avec tes lèvres aussi...

Elle le fixa d'un air qui signifiait « Ne dis pas ça... sinon on ne va jamais sortir de la voiture... »

— Encore un peu de vin ? proposa Maria aux invités.

— Remplis-le autant que tu veux ! répondit l'homme en lui tendant le verre.

John s'occupait du barbecue tandis que les trois autres échangeaient autour de la table. Loris le rejoignait parfois pour prendre de ses nouvelles.

— Vous avez prévu quelque chose avec Emma pour les prochains week-end ? demanda John.

— Non, pas que je sache.

— Vous venez quand vous le désirez, tu le sais. Juste un coup de téléphone et hop.

John et Loris étaient de vieux amis. Déjà, au collège, ils avaient fait les pires coups ensemble. Et malgré des orientations différentes, ils ne s'étaient jamais perdus de vue. Habitant à une cinquantaine de kilomètres l'un de l'autre, ils se voyaient assez souvent. Maria et Emma étaient devenues complices avec le temps elles aussi. Souvent les deux femmes s'appelaient, parfois seulement pour prendre quelques nouvelles de l'autre, ou bien pour s'inviter à déjeuner.

— Alors, ton Loris, c'est toujours l'homme parfait ?

Un sourire niais apparut sur le visage d'Emma. Elle dévisagea son amoureux au même moment avant de répliquer :

— Je compte bien tout faire pour le garder celui-là.

Loris et Emma abandonnèrent leurs amis aux alentours de 22 heures. Sur le trajet du retour, la femme préféra prendre le volant ; l'état de Loris l'inquiétait un peu. Elle ne voulait prendre aucun risque.

Une fois rentrés à la maison, les deux adultes tombèrent de fatigue. Ils firent glisser rapidement leur corps sur le matelas et s'endormirent profondément.

Le lendemain matin, un coup de sonnette retentit alors que les deux amoureux étaient toujours au lit. L'homme fit un effort considérable pour aller ouvrir.

— Papa ! s'écria le petit garçon devant la porte.

Il sauta au cou de Loris avant de sautiller partout dans le salon.

— Bonjour maman, fit l'homme dans les secondes qui suivirent.

— Je te réveille, n'est-ce pas ? Dylan voulait absolument rentrer à la maison.

— Papa, elle est où maman ? On a préparé un gâteau !

Emma, encore tout endormie, fit son apparition dans le salon. Son fils se précipita aussitôt sur elle pour l'embrasser.

— Bonjour Christine. Comment allez-vous ?

— Toujours en forme, moi. Et ce petit a de l'énergie à revendre !

— Je veux bien le croire.

Emma se tourna de nouveau vers son fils avant de lui demander :

— Alors, tu as passé un bon week-end chez mamie ?

— Oui mais je voulais te voir...

— T'es trop mignon mon bébé...

— Je ne suis plus un bébé, moi... J'ai quatre ans, maman.

Chapitre 2 :

Le lundi matin, vers 7 heures, Emma pénétra doucement dans la chambre de son fils. Elle caressa son doux visage en le fixant avec amour.

— Mon petit ange… Il est l'heure…

Le garçon peinait véritablement à ouvrir les yeux. Emma le prit alors dans ses bras et l'emmena jusqu'à la cuisine.

— Je ne veux pas y aller… bredouilla-t-il en se frottant les paupières.

— Si tu veux devenir un grand garçon il faut aller à l'école.

— Je suis déjà un grand garçon.

Une fois son petit-déjeuner avalé, Emma lui fit prendre une douche et le conduisit jusqu'à son école.

— A ce soir mon chéri ! s'écria-t-elle devant le portail, lorsqu'elle l'abandonna pour la journée.

Emma occupa sa matinée à faire le ménage un peu partout dans la maison. Depuis qu'elle avait eu Dylan dans sa vie, elle avait cessé toute autre occupation. Sa priorité, c'était son fils ; le reste passait après. C'était Loris qui s'occupait de nourrir sa famille.

A midi, Emma passa un coup de téléphone à Maria, pour la remercier une nouvelle fois de les avoir invités ce week-end. Les deux femmes enchaînèrent différents sujets avant qu'Emma ne lui propose :

— Ça te dit de passer à la maison demain ? On ira boire un coup et faire un peu de shopping entre filles !

Maria accepta, puis raccrocha le téléphone quelques minutes après.

Emma passa le reste de sa journée à remettre de l'ordre dans sa maison ; elle devait être parfaite quand Maria arriverait. Parfois il lui arrivait de faire des pauses, de s'asseoir et de feuilleter le journal pour se tenir au courant des dernières nouvelles. Aussi, l'ennui s'emparait d'elle à certains moments, ce qui la poussait de temps en temps à se trouver une activité. Mais, elle avait beau en découvrir, il n'en existait aucune qui la satisfaisait pleinement.

Elle fit quelques courses avant de se rendre à l'école, puis reprit le chemin du retour en compagnie de son petit garçon.

— J'ai un beau dessin pour toi, maman ! s'exclama Dylan, tout fier.

— Je suis sûre qu'il va me plaire ! On l'accrochera sur le frigo, ok ? Tout s'est bien passé aujourd'hui ?

Le garçon resta muet un instant ; il semblait être en pleine réflexion.

— Alors ? Tu as perdu ta langue ?

— Gaël m'a poussé à la cantine...

— Gaël ? Le fils de l'ancienne voisine ? rétorqua Emma d'une voix un peu plus élevée.

— Oui... Du coup, je l'ai tapé.

— Quoi ? Mais je t'ai déjà dit quoi, Dylan ? On ne tape pas !

— Mais maman... Il est méchant, lui...

Durant le trajet, Emma tenta d'expliquer à son fils qu'il ne devait pas avoir recours à la violence, mais celui-ci préférait ne pas l'écouter et garder sa mine boudeuse.

A leur arrivée, elle lui prépara immédiatement son goûter et il ne perdit pas une seule seconde pour se jeter dessus. Puis il se détendit devant la télévision avant que son père ne rentre du travail.

Quelques heures plus tard...

— Et si tu es sage, dit l'homme, je t'emmènerai à la montagne pendant les vacances.

— Je veux faire de la luge, moi ! Comme toi sur les photos que tu m'as montrées...

— Oui mais pour y aller il faut être grand et fort, alors finis ton assiette, répliqua Emma à son fils.

Le garçon se mit aussitôt à avaler tout ce qui restait devant ses yeux.

— J'ai tout mangé ! On peut aller à la mer aussi... comme ça je bronzerai comme papa ! J'en ai marre d'être tout blanc... A l'école ils disent que mon papa ce n'est pas mon papa parce qu'on ne se ressemble pas...

Un malaise baigna aussitôt l'atmosphère. Le silence remplaça les mots et très vite Dylan retrouva son lit.

Chapitre 3 :

— Je te jure, Loris ne savait plus où se mettre !
expliqua Emma à son amie. Le petit a sorti ça comme ça.

— J'espère qu'il ne l'a pas trop mal pris quand même…

— Je ne pense pas mais ça lui fait quand même
quelque chose.

Maria but une gorgée de son jus de fruits avant de
reprendre doucement :

— Quand est-ce que vous comptez lui dire ?

— Il est trop petit encore…

— A quatre ans ? Il peut comprendre je pense. Plus tôt
vous lui direz, mieux ce sera. Il faut qu'il sache, Emma.
D'ailleurs, penses-tu encore à eux ?

Elle laissa s'écouler plusieurs secondes avant de
donner sa réponse.

— Ça m'arrive… mais je fais en sorte de ne pas y
penser.

— Ils ne t'ont pas recontactée ?

— Non, sauf David, pour savoir la raison de mon
départ précipité, et puis le reste.

— Et l'autre ?

— William ? Ben… rien du tout. Aucune nouvelle,
sûrement parce que je l'ai bloqué de partout. De toute
façon je ne les aime plus. C'est du passé.

A son retour à la maison, Emma se rendit jusqu'au
grenier et dénicha un vieux carton. A l'intérieur se
trouvaient des souvenirs de sa vie d'avant. Elle fit
disparaître la poussière qui s'était incrustée sur

certaines photos avant de les faire défiler une à une devant ses yeux. David et William figuraient dessus, avec elle. Emma fit soudainement glisser ses doigts sur leur visage et s'en rendit compte assez rapidement. Elle balada ensuite son regard dans le grenier tout en gardant un air pensif.

***

— Il faut qu'il sache, tu comprends ? Tu seras toujours son père pour lui, mais on lui doit la vérité.

Loris était déboussolé par ce qu'elle venait de lui dire. Assis sur sa chaise, il n'avait même plus la force de se tenir debout.

— Tu veux qu'il sache qui est son père mais tu ignores toi aussi qui il est.

— Je leur en parlerai à tous les deux et je ferai les tests nécessaires pour savoir.

Loris connaissait le passé d'Emma. Elle lui avait tout révélé au début de sa relation avec l'homme.

— Ne t'en fais pas... reprit-elle, il n'y a plus aucun risque. Tu es le seul maintenant.

— Tes sentiments pourraient refaire surface en les revoyant...

— C'est impossible.

Elle lui avait répondu très sûre d'elle mais, au fond, elle savait qu'il n'avait peut-être pas tort. Elle préférait le rassurer. En tout cas, elle espérait que ses sentiments pour ces deux autres hommes aient totalement disparu.

— Je partirai en fin de semaine avec Dylan. Il sera en vacances à ce moment-là...

— N'y restez pas trop longtemps, fit Loris avant de la serrer contre lui.

Chapitre 4 :

Cela faisait une petite heure déjà qu'Emma était sur la route. Elle en avait encore pour un sacré bout de temps avant d'arriver à destination. Le petit Dylan n'avait pas tardé à fermer les yeux, lui. Il n'était pas habitué à des voyages aussi longs.

A son arrivée, fatiguée par la conduite, Emma préféra se poser quelques minutes au parc avant de se rendre chez David. Elle semblait à la fois heureuse et nostalgique d'être de nouveau dans cette ville. En son absence quelques travaux avaient eu lieu mais, sinon, tout demeurait intact.

***

Emma et le petit Dylan se rendirent à l'adresse que David lui avait fait parvenir, peu de temps après s'être enfuie subitement. Elle resta immobile durant plusieurs secondes devant la porte d'entrée, puis se décida à frapper.

C'est Lou qui les rejoignit. Les deux femmes s'étaient reconnues au premier regard.

— Bonjour.

— Bonjour Emma. Et bonjour…

— Dylan, répondit la mère du garçon. C'est mon fils.

Lou les fit entrer dans sa maison dans les secondes qui suivirent et installa Dylan devant la télé avec son fils, Kévin.

— Je ne m'attendais pas à recevoir votre visite.

— Moi non plus à vrai dire. Il faudrait que je parle à David, en fait... J'espérais qu'il n'ait pas changé d'adresse depuis le temps.

— Il habite toujours ici, répondit Lou, en mettant en évidence l'anneau autour de son doigt. Il ne devrait pas tarder à revenir.

— Oh... toutes mes félicitations. Depuis combien de temps ?

Elle s'éloigna légèrement lorsqu'elle lui donna la réponse.

— Pas très longtemps après le divorce...

Emma resta stupéfaite et garda le silence ; elle ne s'attendait pas à ce que David se remarie aussi vite. Pourtant, leur mariage à eux avait été aussi rapide ; ils n'avaient attendu que quelques mois après leur rencontre.

Emma fixa sa montre à plusieurs reprises avant que son ex-mari ne lui apparaisse. Celui-ci, lorsqu'il l'aperçue, se stoppa immédiatement.

— Emma ? Que fais-tu ici ?

— Bonjour David.

Elle se leva et approcha ses lèvres de ses joues.

— Je suis contente de te voir.

— Moi aussi, je ne m'y attendais pas, c'est tout, répondit l'homme, tout secoué.

— Je dois te parler, enchaîna-t-elle immédiatement.

Emma abandonna son fils à Lou, et les deux adultes disparurent assez vite de la maison pour aller boire un verre à l'extérieur.

***

Après son monologue, Emma cessa son bavardage et laissa David s'exprimer sur ce qu'il venait d'apprendre.

— Tu as attendu aussi longtemps pour m'en parler ! Je tombe de haut, là… Pourquoi avoir gardé ce secret ? Et William est-il au courant à l'heure actuelle ?

L'homme avait vraiment du mal à s'en remettre. Il semblait déçu qu'elle ne l'ait pas mis au courant plus tôt.

— Toi tu ne m'as pas dit que tu avais une nouvelle femme.

— Lou, tu la connais.

— Oui, mais être marié c'est autre chose.

L'homme préféra se taire.

— William ne le sait pas encore, ajouta Emma. Je lui apprendrai la nouvelle demain.

— Je veux savoir si je suis le père !

— Tu le sauras, bientôt, quand j'aurai fait les tests. Pour l'instant Dylan pense que c'est Loris son père. Je ne vais pas tout chambouler dans sa vie…

David semblait d'accord avec elle.

— Je l'ai observé tout à l'heure. Tu ne trouves pas qu'il me ressemble un peu ?

— Les yeux, peut-être.

Pendant un long moment Emma lui parla de son fils. Elle lui raconta comment s'étaient passés ses premiers mois de grossesse, les difficultés qu'elle avait rencontrées. Elle retraça le parcours de Dylan : ses premiers pas, son entrée à l'école, ses bagarres, etc. Et l'homme lui parla également de son fils, Kévin, qui était un peu plus âgé que Dylan. Tous les deux prenaient plaisir à échanger aujourd'hui. Quelques sourires les accompagnaient même lorsqu'ils abordaient certains sujets sensibles.

— Où allez-vous dormir avec ton fils ?

— Il faut que je voie les hôtels.

— Si tu veux, viens à la maison.

— Je ne veux pas déranger...

— Tu n'es pas n'importe qui... Tu ne dérangeras personne. Et puis, tu ne restes que pour quelques jours.

Emma finit par accepter, accompagnée d'un sourire. Elle avait beaucoup apprécié que l'homme insiste pour l'héberger.

***

— Mais que vient-elle faire ici ? demanda Lou lorsque David l'informa de la situation.

— Elle m'a dit que c'était personnel, mais qu'elle restait seulement quelques jours. C'est pour cette raison qu'elle voulait me parler, pour me demander de rester un peu.

David resta évidemment confus sur la vraie raison qui la poussait à rester, puisque Lou n'était pas au courant de l'infidélité de son mari. Elle semblait pourtant terrifiée à l'idée de la voir ici. Elle n'avait pas peur de cette femme, elle arrivait même à l'apprécier, mais elle savait bien qu'ils s'étaient un jour aimés.

— Ne t'en fais pas, ça va bien se passer. Je suis là pour elle car elle a compté pour moi, mais il n'y a plus rien entre nous.

Chapitre 5 :

Quand William jeta son regard par la porte d'entrée, son corps se figea. Il eut la même réaction que David.

— Je sais que tu es là, dit Emma, lorsqu'elle perçut un léger mouvement.

Il finit par lui ouvrir et c'est là que ses yeux tombèrent sur le petit. Il le dévisagea un moment avant de les accueillir. Ici, rien n'avait changé. Tout était resté intact depuis son départ, à une exception près : le visage de la femme avait disparu des murs sur lesquels sa beauté était accrochée.

— Maman, c'est qui le monsieur ? demanda Dylan d'une voix timide, caché derrière sa mère.

— William, répondit celle-ci, ses yeux scotchés sur l'homme.

— C'est qui William ?

Mais Emma le laissa sans réponse.

— Hein ? Maman ? C'est qui William ?

Elle l'installa aussitôt devant la télévision pour avoir une discussion avec l'homme.

William tentait de dissimuler l'état dans lequel il se trouvait mais Emma le connaissait par cœur ; elle voyait bien qu'il ne se sentait pas à l'aise, elle ressentait une colère à travers son corps tout entier.

Il lui servit à boire avant de s'asseoir à ses côtés. Puis, le regard qu'il lui lança la força à parler :

— Tu dois certainement te demander pourquoi je suis ici...

Il respira profondément avant d'acquiescer.

— Avant que je te raconte, tu dois me promettre de ne pas te mettre en colère. Je sais bien que tu as mille raisons de me chasser de ta vie mais...

— Je t'écoute, l'interrompit-il.

Alors, doucement, Emma retraça son parcours depuis leur séparation, en lui faisant part du fruit de son amour. L'homme, intéressé de près à son histoire, jetait quelques rapides coups d'œil en direction de l'enfant.

— Pourquoi le regardes-tu ainsi ? finit-elle par demander, perturbée par son comportement.

— Et s'il n'était pas de moi...

— Nous le saurons bientôt.

William restait distant avec Emma, et il l'était encore plus avec Dylan. Ses paroles ne contenaient que quelques mots insignifiants ; il ne semblait pas vouloir converser davantage. Emma se sentait de plus en plus mal à l'aise ; chaque mot qu'elle employait lui paraissait absurde. Pourquoi, aujourd'hui encore, se mettait-elle dans un tel état pour cet homme ? Lui faisait-il encore de l'effet comme auparavant ? Elle était pratiquement certaine de la réponse : oui.

Au moment où ses yeux s'étaient posés sur David, elle avait aimé cet instant. Elle ressentait pour lui une grande affection qui, malgré le temps, semblait toujours présente. En revanche, quand elle était apparue devant William, un sentiment différent s'était produit. L'affection qu'elle avait pour lui était bien toujours présente mais, aujourd'hui encore, l'amour qui les avait unis semblait toujours l'affecter. Malgré la distance et les années passées, cela n'avait rien détruit en elle. Ce qu'elle ressentait pour cet homme était resté enfoui au plus profond de son être, et n'avait jamais disparu. Il suffit d'une simple égratignure pour faire resurgir les plus profondes blessures.

Ne voulant pas s'éloigner de lui, Emma essaya à plusieurs reprises de trouver des sujets de conversation. Elle apprit alors qu'il n'avait pas refait sa vie depuis sa disparition ; il avait bien eu quelques aventures par-ci, par-là, mais rien de bien sérieux. Cette idée la faisait sourire intérieurement.

Plus tard, il leur fallut s'en aller de chez William. Emma, contrairement à son arrivée, tenta de rapprocher ses lèvres de l'homme pour lui dire au revoir, mais celui-ci sembla ne pas être d'accord ; il éloigna son corps du sien pour le lui faire comprendre.

Chapitre 6 :

Le lendemain après-midi…

Comme convenu, Emma et son fils avaient passé la nuit chez David. Tout s'était très bien passé, même si Lou avait fait attention aux moindres faits et gestes des deux autres adultes. Aujourd'hui, Emma avait décidé de se rendre au parc pour que son fils s'amuse un peu, et pour se changer les idées par la même occasion.

Une fois là-bas, son téléphone se mit à sonner. Elle décrocha et la voix de Loris sembla la réconforter.

— Tout va bien ? demanda l'homme. Tu ne m'as pas beaucoup écrit depuis ton arrivée.

— Pas mal occupée… mais je pense à toi, tu sais.

Un silence s'immisça entre eux.

— Dylan va bien ? Quand rentrez-vous ?

— Il est en forme… J'ai fait les tests ce matin, j'attends la réponse et nous repartirons aussitôt.

Peu de temps après leur appel, le garçon accourut jusqu'à Emma et lui posa la question :

— Pourquoi on reste chez David ?

— Je t'ai déjà dit que maman revenait voir de vieux amis.

— Mais pourquoi papa il n'est pas avec nous ?

— Ecoute Dylan, tu comprendras bientôt. D'accord ?

Le garçon serra sa mère dans ses bras avant de repartir sur les jeux.

Un quart d'heure plus tard, le téléphone de la femme la réveilla de ses pensées. Elle resta tétanisée devant l'écran.

— Maman, s'écria Dylan, un peu plus éloigné. Je veux regarder la télévision.

— Oui mon chéri, on va y aller... Joue encore cinq petites minutes, le temps que maman passe un coup de téléphone.

Emma jeta de nouveau ses yeux sur l'écran. William lui avait écrit, elle n'en revenait pas. Elle hésita à cliquer sur le mail, mais finit tout de même par le faire, trop curieuse de lire ce que l'homme avait à lui dire.

« Emma... Emma... Emma... Pourquoi ton prénom ne cesse de raisonner dans mon esprit ? Quelle est la véritable raison qui t'a poussée à revenir ? Ton fils n'est-il qu'un prétexte ? J'espère sincèrement que non. Te voir débarquer alors que tu n'as pas hésité à fuir me rend dans un état de folie. Peux-tu le comprendre ? Ne t'a-t-on jamais appris qu'il ne faut pas s'amuser avec les voyages dans le temps ? Retourner dans le passé est une mauvaise chose ; cela peut avoir des incidences sur le futur. Cherches-tu à me faire du mal ? As-tu réfléchi aux conséquences que ton acte pouvait avoir ? Cinq ans, Emma... Cinq ans déjà que tu es partie, que tu partages ta vie avec un autre homme. Devrais-je l'accepter ? Suis-je censé t'accueillir chez moi avec le sourire ? Je ne te l'ai pas dit mais tu l'as ressenti, n'est-ce pas ? La colère m'a envahi au moment où j'ai posé les yeux sur toi. Je me suis calmé car l'enfant était près de toi, mais... au fond de moi, j'étais mort. Tu as ignoré mes messages, mes appels ; tu as fait en sorte de me rayer de ta vie. Et, après tout cela, je devrais faire comme si rien ne s'était passé ? C'est dur à accepter. Je t'en veux, Emma. Tu n'imagines pas à quel point ces dernières années ont été difficiles pour moi. Elles le sont toujours. Il ne se passe pas un seul jour sans que je ne pense à toi, sans que cette question me vienne à l'esprit : « pourquoi ? » J'étais l'amour de ta vie et tu m'as abandonné. Comment peut-on en arriver là... Souvent, il m'est arrivé de t'écrire. Je ne parle pas de mes messages que tu as ignorés, mais des lettres. Je n'envoyais jamais rien. Je préférais les relire, une par une, lorsque j'allais me coucher. Je crois que j'aimais ressentir cet état dans lequel je me trouvais toujours. J'avais mal, trop mal. Pourtant je continuais, jusqu'à ne plus rien ressentir face à une douleur trop élevée. Suis-je fou pour aimer me mettre dans un tel état ? Je ne sais pas. Amoureux, certainement. Je n'ai même pas essayé de t'effacer de mes pensées... Cela aurait été inutile. Nous sommes faits l'un pour l'autre, c'est une évidence qui restera gravée au fond de moi pour l'éternité. Et tu le sais, n'est-ce pas ? Je suis certain qu'à l'heure où tes yeux sont posés sur ces mots, l'amour qui s'agitait en toi autrefois a fait son grand retour.

En ce qui concerne Dylan, je ne sais pas trop quoi te dire... Je ne m'y attendais vraiment pas. Si c'est mon fils, je ne supporterai pas de le voir loin de moi, avec un autre homme s'occupant de lui. Je ne supporte déjà pas l'idée que tu doives t'en aller, encore une fois. En tout

cas, je suis à peu près sûr que cet enfant est de moi...
C'est le fruit de notre amour. Le véritable amour.

Donne-moi de tes nouvelles, Emma. J'attendrai patiemment que tu me reviennes, et je sais que ce jour arrivera. Je t'aime, et cela ne changera jamais.

Ton Will. »

Chapitre 7 :

— T'étais à l'école avec maman ? lança Dylan, pendant le petit-déjeuner.

— Pas vraiment, non, répondit David, un sourire au coin des lèvres. Mais ta maman était une vraie chipie à ce qu'il paraît.

L'enfant ne cessait de poser des questions. Après tout, ils sont comme ça, ils s'intéressent à tout à cet âge-là. Mais, Emma, qui les regardait à tour de rôle, semblait un peu inquiète à l'idée que son fils pose autant de questions. Elle avait peur qu'il aborde certains sujets délicats.

Elle trouva rapidement une excuse dans la matinée pour s'échapper de la maison. David était heureux à l'idée de s'occuper du garçon, lui qui avait l'étrange pressentiment que Dylan soit son fils. Les deux s'étaient davantage rapprochés depuis la veille et Emma s'en était vite aperçue.

***

Ses doigts ne cessaient de frotter contre la tasse de café posée au bord de la table. Elle ne disait pas un mot, préférant garder ce silence.

— Tu voulais me parler ? lança William, en gardant son regard posé sur Emma.

Mais la femme n'avait pas l'intention de prendre la parole.

— Tu as lu la lettre, n'est-ce pas ?

Il avait beau s'exprimer, elle continuait à le fixer, sa bouche fermée.

— J'ai pensé chaque mot que tu as lu, tu sais.

— William…

— Ne m'appelle pas William, l'interrompit-il brusquement.

Elle baissa aussitôt les yeux sur la table.

— Will, c'est bien, appelle-moi Will.

— Will… cinq ans sont passés… Notre histoire est terminée, tu le sais. Il faut que tu passes à autre choses…

— Tu l'aimes, Loris ?

Elle réfléchit un instant avant de lui donner une réponse :

— Bien sûr que je l'aime. Evidemment, tu veux que je développe… C'est un amour qui se rapproche de celui que j'éprouvais pour David. Différent du tien. Tu es content ?

— Ça ne me fait pas rire, Emma.

— Je dois y aller… lança-t-elle précipitamment.

— Non, reste, attends un peu, fit-il en la retenant par la main. Pourquoi être venue si c'est pour repartir maintenant ?

La femme se stoppa, puis revint s'asseoir près de lui. William garda sa main collée à la sienne, en la serrant un peu plus fort. Il la lui caressa tout en rajoutant :

— Je le sais que tu te retiens de m'embrasser. Je le ressens.

— Ne dis pas de bêtise.

— Ne joue pas à ça avec moi, Emma. Tu sais aussi bien que moi que nous sommes liés.

L'homme, tout doucement, fit glisser ses doigts tout le long de son bras. Emma le laissa faire, agréablement surprise par les sensations. Il ne put s'empêcher ensuite de rapprocher son visage du sien, tout en les frottant l'un contre l'autre. Leurs lèvres se frôlèrent mais la femme revint immédiatement à la réalité et s'écarta de lui.

— Je ne veux pas, Will. Il ne faut pas. J'ai changé, je suis fidèle à l'homme qui partage ma vie… J'ai une nouvelle vie à présent. Je vais retourner voir Loris et tout rentrera dans l'ordre, que tu sois le père de Dylan ou non.

Emma semblait avoir du mal à articuler ses mots.

— Nous sommes faits pour nous retrouver, quoi qu'il arrive… Et, tant que tu ne l'auras pas compris, on restera éloignés mais nos cœurs seront toujours enchaînés.

— Notre histoire était magique. Au sens propre. C'est pour cela qu'elle ne ressemblera à aucune autre. Et tu as raison, au fond de moi, je sais qu'un jour nous nous retrouverons… mais ce n'est probablement pas le bon moment. Trouve quelqu'un qui te rendra heureux, Will.

Et c'est à ce moment-là que la femme s'en alla, le laissant ici, seul.

Chapitre 8 :

Emma avait dû attendre plusieurs jours avant de pouvoir connaître l'identité du père de Dylan.
Aujourd'hui, le courrier en main, elle ne pouvait plus reculer. Elle allait enfin savoir. Mais, une fois l'enveloppe ouverte, qu'allait-il se passer ? Cette question n'avait pas cessé de s'agiter dans son esprit. Le père voudrait-il voir Dylan plus souvent ? Faudrait-il penser au déménagement ? Emma ne le souhaitait pas. Elle voulait simplement reprendre le cours de sa vie, tout en révélant à son fils ce secret qui pesait sur elle.

Elle décida de s'éloigner de la ville en possession de l'enveloppe, laissant Dylan avec David. Elle avait besoin de respirer, d'être seule. Elle se réfugia près d'une forêt, un endroit qu'elle appréciait tout particulièrement, et qui n'avait pas bien changé non plus.

Là-bas, elle réfléchit longuement tout en arpentant les environs. Elle se répétait parfois qu'elle n'allait pas ouvrir l'enveloppe, et qu'elle allait oublier ces derniers jours, et tout son passé, de sorte que son fils soit également celui de Loris. Pourquoi pas ? Après tout il n'y aurait plus aucun problème. Sauf que, à l'heure actuelle, il est impossible d'oublier quoi que ce soit. Un accident, peut-être, mais Emma ne voulait pas aller si loin.

Et si David était le père ? Peut-être voudrait-il le récupérer pour lui tout seul ? Et si c'était William ? Qu'arriverait-il ? Les deux parents devraient alors rester en contact, mais cela n'arrangerait en rien sa relation avec Loris : les sentiments pour son Will ne disparaîtraient jamais… et elle le vivrait mal, encore une fois.

Emma semblait complètement paniquée. Elle n'était pas prête à revivre le même cauchemar. Bien sûr, elle avait de la peine pour William qui, lui, ne parvenait toujours pas à se remettre de son absence, mais elle avait fait un effort considérable pour parvenir à ne plus souffrir et à se créer une nouvelle vie, c'était alors à lui de prendre sa vie en main et de la reconstruire. Rien n'a jamais été simple dans la vie, encore moins les histoires amoureuses.

Emma s'endormit contre un arbre, laissant ses peurs les plus grandes s'installer dans ses cauchemars. Elle se réveilla en sursaut peu de temps après et décida qu'il était temps d'ouvrir cette fameuse enveloppe.

Elle retira doucement le papier à l'intérieur – qui resta collé à ses mains moites durant plusieurs secondes –, puis fixa le contenu d'un œil attentif. Elle resta dans cette position un moment. Personne n'aurait pu lire sur son visage, elle ne montrait aucun signe d'émotion.

Elle déchira le papier en mille morceaux et jeta le tout autour d'elle avant de rejoindre sa voiture. Elle partit immédiatement récupérer son fils chez David et s'en alla sans la moindre explication.

Tous les deux reprirent le chemin du retour. Emma resta silencieuse face aux nombreuses questions du garçon. Elle ne se sentait pas capable de dire quoi que ce soit. Elle avait trop peur des conséquences que la nouvelle engendrerait si elle la révélait, peu importe l'identité du père.

Le silence, parfois, est la meilleure solution. Choisir l'ignorance permet de préserver le bonheur d'autrui.

Table des matières

© 2016, M.A', Vanessa

Edition : BoD - Books on Demand
12/14 rond-point des Champs Elysées, 75008 Paris
Imprimé par Books on Demand GmbH, Norderstedt,
Allemagne
ISBN : 9782322112425
Dépôt légal : septembre 2016